双葉文庫

口入屋用心棒

痴れ者の果

鈴木英治

目次

痴《し》れ者《もの》の果《はて》

口入屋用心棒

第一章

一

手ぬぐいで汗を拭いた。

「暑いか、湯瀬《ゆせ》」

横からきかれ、湯瀬直之進《なおのしん》は声の主《ぬし》に顔を向けた。

足早に歩を進めつつ、倉田佐之助《くらたさのすけ》が見つめてくる。

佐之助の瞳に、かつての白刃《はくじん》のごとき鋭さは見られない。眼差しは穏やかそのものといってよい。

この男は、と直之進は手ぬぐいを懐《ふところ》に落とし込んで思った。

——きっとこのような目で、妻の千勢《ちせ》どのや、実の娘も同然のお咲希《さき》ちゃんを見ているのであろうな。

いや、と答えて直之進はかぶりを振った。

「暑いというより、蒸し蒸しして鬱陶《うっとう》しいことこの上ないのだ」

「湯瀬、蒸し暑さに音《ね》を上げるなど、だらしないぞ。侍ならばどんな暑さであろうと泰然とし、汗はかかぬものだ」

「そうありたいものだが、江戸に来て以来、どういうわけか俺は汗をかくようになった。おぬしに、だらしないといわれようとも別に構わぬ。こうも毎日蒸し暑いと、どうにも耐えがたい」

「確かにな」

一転して佐之助がうなずいてみせた。

「このしつこいほどの湿気には、実のところ俺もうんざりしておる。どうやら梅雨《つ》が明《ゆ》けぬまま、夏がきたようだ」

「そうはいっても、陽射しは相変わらず、か弱いままだぞ」

朝日は上空の雲にすっぽりと包まれ、黄色い円だけがかろうじて見えている。地面に映る直之進たちの影は、頼りないほど薄っぺらだ。

もしかすると、と佐之助がいった。

「今もまだ梅雨の真っ只中かもしれぬな。かっと照りつける陽射しが恋しくさえ思えてくる」

「まったくだ。毎年、夏の真っ盛りには、暑い暑いとぼやいてばかりだがな」

「暑いときは暑い。寒いときは寒い。四季がしっかりと巡ることのありがたみが、こういうときによくわかる」

どんよりとした雲に覆われた空を、直之進は見上げた。

「あの梅雨空も江戸にずっと居座っておるが、いつかは消えてなくなるのだろうか。秋はきてくれるのかな」

「くるに決まっておろう」

佐之助が断じた。

「もっとも、今の俺たちにできるのは、そのことを天に願うことだけだな」

道を歩き進んだ直之進と佐之助の二人は、小日向《こひなた》東《ひがし》古川町《ふるかわちょう》に入った。

その直後、この野郎、ぶっ殺すぞ、やるのかてめえっ、と怒鳴り声が町屋の屋根越しに聞こえてきた。

「またか」

やりきれないように佐之助が顔をしかめた。

「湯瀬、これで何度目だ」

「さあ、よく覚えておらぬ」

日暮里《にっぽり》の秀士館《しゅうしかん》を出た直之進と佐之助は、ほんの半刻ばかりの間に、喧嘩《けんか》やいざこざが原因と思える叫びや怒号を、ずいぶんと耳にしてきた。

「蒸し暑くて気分がくさくさするのはわかるが、いくらなんでも多すぎる」

佐之助が端整《たんせい》な顔をゆがめる。

殴り合いでもはじめたのか、肉を打ついやな音が直之進の耳に届いた。

直之進は眉根を寄せた。

ただし、聞こえたのはそれきりで、そのあとは急に静かになった。殴られた相手は一発で気絶でもさせられたのだろうか。

「それにしても、江戸がこんなありさまでは樺山《かばやま》も大変であろう」

そういって、佐之助がちらりと後ろを振り返った。その眼差しの先には、南町奉行所があるのだろう。

——この男が富士太郎《ふじたろう》さんに同情するとは、やはり驚きでしかないな。

これまでも佐之助は、同心の富士太郎に対する思いやりの言葉を口にしてきている。だが、それらを聞くたびに信じられぬとの思いが湧き上がり、直之進は初めて耳にしたかのような気になるのである。

かつて富士太郎は中間《ちゅうげん》の珠吉《たまきち》とともに、殺し屋だった佐之助を獄門にするため、必死に追いかけ回していた。

一方の佐之助も、しつこく嗅ぎ回る富士太郎が目障《めざわ》りでならず、あの世に送ってやると決意したことも、一度ならずあったのではあるまいか。

ついこのあいだまで佐之助と富士太郎は、真剣で斬り合っていたも同然の間柄だったのである。

それが、今や互いを思いやるまでになっている。

――もっとも、俺にしても、以前はこの男を必ず討つと誓っていた。それが、ともに戦い、修羅場《しゅらば》をくぐり抜けて、こうして肩を並べて歩いている。

もとはといえば、直之進が妻だった千勢を追って江戸にやってきたのが、すべてのはじまりだった。千勢には、直之進に嫁ぐ前、藤村円四郎《ふじむらえんしろう》という想い人がいた。その円四郎を佐之助が斬ったのだ。千勢は仇を討つべく佐之助を追って江戸に出てきた。その千勢がいまは直之進と別れて、佐之助と暮らしている。直之進は人の縁の不思議さを改めて感じた。

「どうした、湯瀬。考え事か」

急に物思いに沈んだ直之進を気にしたか、佐之助が声をかけてきた。

「なに、大したことではない。人生とは楽しいものだと思ってな」

その通りだな、といわんばかりのうなずきを佐之助が見せる。

「生きておれば、よいことはいくらでもあるからな。辛いことやおもしろくないことも少なくはないが、それだって過ぎてしまえばなんということもない。なにゆえあのようなことで悩んでおったのかと思う時が必ずやってくる」

「それは俺もよく思う。あんな小さなことでなにをくよくよしていたのだろう、と考えることが少なくない」

「生きるのは楽しいことだと、俺は考えるようになった。これまで数えきれぬほど修羅場をくぐってきたが、生きることの楽しさを知ってからは、命を捨てかかっていた頃に死なずにすんで本当によかったとつくづく思う。いまとなっては、長生きしたいと心の底から願っておる」

この言葉は佐之助が千勢やお咲希と幸せな暮らしを送っているなによりの証《あかし》であろう。

うむ、と直之進は顎《あご》を引いた。

「俺も子ができたゆえ、できれば命を散らすような真似はしたくない。直太郎《なおたろう》や女房のおきくとともに、ずっと生きていきたい」

そういう形で天寿を全《まっと》うできたら、どんなに幸せだろう。しかし、と直之進は心中でかぶりを振った。そんな人生は、俺には待っておらぬのではないか。

——なにしろ俺は、おきくにいわせれば、嵐を呼ぶ男だからな。

以前、富士太郎も同じようなことをいっていた。

足早に歩きながら佐之助が、じっとこちらを見ている。

「どうかしたか、倉田」

「いや、今のおぬしはとても幸せなのだなと思ってな」

それはおぬしも同じであろう、と直之進はいいかけた。

その前に佐之助が話し出す。

「しかし、湯瀬は守りに入るような男ではない。これから先も、果敢《かかん》に困難に挑むであろう。それでも妻子がいるとなれば、どうしてもためらう場面が出てこよう。命を懸ける、命を惜しむ。この兼ね合いが、難しいところだな」

「まったくだ」

身にしみて伝わり、直之進は間髪《かんはつ》容れずに同意した。

佐之助がうなずいて先を続ける。

「とにかく、生きておると、いいことのほうが総じて多いように思う。ゆえに米《よね》田屋《だや》には、なんとしても生き抜いてほしい。米田屋は、おぬしと同い年だ。三十の坂を越えたとはいえ、まだまだ若い。こんなに早く死んでは、つまらぬ」

平川琢ノ介《ひらかわたくのすけ》は、今は亡き米田屋光右衛門《みつえもん》に代わって米田屋のあるじとなった。

しかし、その琢ノ介が突然倒れ、昏睡《こんすい》中なのである。

琢ノ介が倒れたという知らせは昨夜遅く、秀士館に駆けつけた珠吉がもたらしたのだ。

琢ノ介のことをなにゆえ珠吉が知らせに来たのか、直之進は不思議だったが、その疑問はすぐに解けた。

珠吉によれば、いま南町奉行所の定廻《じょうまわ》り同心たちが次々に不審な死を遂げているという。

迂闊《うかつ》にも、その事実を直之進や佐之助は知らなかったが、江戸の町を商売で繁く歩き回っている琢ノ介がいち早く耳にし、富士太郎の身に万が一のことがあってはならんと一人、警護についたのだそうだ。

琢ノ介の危惧は杞憂《きゆう》に終わらず、富士太郎は八丁堀《はっちょうぼり》の組屋敷近くで何者かに襲われた。

刺客はすさまじいまでの斬撃を背後から見舞ってきたらしいが、富士太郎はかろうじてかわしたそうだ。

よけられたこと自体、富士太郎には奇跡としか思えなかったそうだ。

斬撃を避けたとはいえ、次の瞬間には死が迫ろうとしていた。素軽い足さばきと鋭い刀の引き戻しで、刺客は富士太郎を一瞬で間合に入れていたのだ。

富士太郎を襲った刺客は、それだけの腕前を誇っていたのである。

ところがそこに、いったんは富士太郎と別れて米田屋へと帰ったはずの琢ノ介があらわれ、抜《ぬ》き身《み》を手にして刺客と対峙《たいじ》したのだという。

刀を正眼《せいがん》に構えた琢ノ介はすぐさま、曲者《くせもの》だぞ、捕らえろっ、と大声で叫んだ。

その声に応じて、まわりの屋敷から奉行所の者たちが出てくる気配が伝わるや刺客は退散し、富士太郎は事なきを得たのだ。

だが、事はそれだけで終わらなかった。富士太郎の無事な顔を見て安堵《あんど》の息を漏らした琢ノ介がその直後、胸を押さえて倒れ伏したのである。

琢ノ介はそのまま富士太郎の屋敷に担ぎ込まれ、近所の医者の手当を受けた。

そして昨日の夜明け前、大八車《だいはちぐるま》に乗せられて米田屋に運ばれたそうだ。

樺山屋敷で琢ノ介の手当に当たった撞元《どうげん》が、患者の慣れた場所で名医に診《み》てもらったほうがよい、といったため、富士太郎たちはその判断にしたがったのである。

直之進たちが名医うんぬんの話を知ったのは、今朝早く珠吉が、また秀士館にやってきてくれたからだ。

珠吉の話では、大八車で運ばれて一日以上たった今も、琢ノ介の意識は戻っていないそうである。

「琢ノ介は大丈夫に決まっている」

小日向東古川町を目指し歩を進める直之進は、自らを励ます意味もこめて口にした。

「あの男は、こんなことでくたばるようなたまではない」

これまで琢ノ介は、何度も危難をくぐり抜けてきた。命を失いそうなぎりぎりの場面でも、持ち味の粘り強い剣を遣い、しぶとく生き残ってきたのだ。

だが、もしここで目を覚ますことなく死んでしまったら、天はいったいなんのために琢ノ介に数々の修羅場をくぐり抜けさせたのか。斬り合いで琢ノ介を生かした以上、ここで天が命を奪うはずがない、と直之進は考えているのである。

「湯瀬のいう通りだ。平川が死ぬようなことはあるまい」

佐之助は力強くいったが、すぐに眉を曇らせた。

「しかし、胸を押さえて倒れたというのは、さすがに気になるな」

「うむ」

唇を噛み締めて直之進はうなずいた。

「雄哲《ゆうてつ》先生は心の臓の病ではないか、とおっしゃっていたが」

元老中首座だった水野伊豆守《みずのいずのかみ》の御典医筆頭で、江戸でも屈指の名医として知られていた雄哲は、いま秀士館の医術の教授方に招かれていた。

水野伊豆守の隠居と時を同じくして水野家を致仕《ちし》したのだが、そのことを知った佐賀大左衛門《さがだいざえもん》が秀士館に招請《しょうせい》したのである。

いま雄哲は、米田屋で琢ノ介を診ているはずだ。秀士館に使者としてやってきた珠吉とともに、直之進たちよりも一足早く米田屋に向かったのだ。

むろん、秀士館館長の佐賀大左衛門の許しを得てのことである。

直之進の妻のおきくも息子の直太郎を連れて、雄哲と一緒に米田屋に赴《おもむ》いた。

こういうとき女手はいくらでもあったほうがよい、という雄哲の判断からだ。雄哲は米田屋にとって恩人だ。亡き米田屋光右衛門の最期を看取ったのが雄哲だった。

直之進と佐之助も同行しようとしたが、雄哲に止められた。おぬしらのような剣術しか能のない者に押しかけられても病人が治るわけではない、というのである。

水野伊豆守の御典医をやめた今でも、雄哲は相変わらず歯に衣着せぬ物言いをする男だった。

おぬしらは六つ半から五つまでのあいだに米田屋に来ればよい、と雄哲は告げ、そのくらいの刻限ならばわしの手当も一段落しておるであろう、と付け加えた。

直之進と佐之助に、その言葉に逆らうつもりはなかった。琢ノ介に最善の手立てがなされること以外、望むものは一つもなかったからである。

「倉田、見えてきたぞ」

直之進は前方に向けて、軽く顎をしゃくった。

「うむ、着いたな」

すでに米田屋まで一町もない。

どちらからともなく足を速め、直之進と佐之助は米田屋の戸口に立った。

暖簾《のれん》はかかっておらず、戸はがっちりと閉まっている。

大黒柱の琢ノ介が倒れてしまった以上、店を開けていないのは当然のことだ。

琢ノ介の妻のおあきやせがれの祥吉《しょうきち》、おきくの双子の姉であるおれんにとって、商売どころではないのだ。

雲が薄くなったところを縫うようにして抜けてきている日の光には、相変わらず力がなく、戸口はひどく暗く感じられる。

琢ノ介の一件が米田屋全体に暗い影を落としているかのようだ。

くぐり戸を叩こうとして、直之進はふと手を止めた。

「湯瀬、気づいたか」

横に立つ佐之助が小声できいてきた。

「うむ」

さりげなく直之進はうなずいた。腰の三人田《さんにんだ》に右手が伸びそうになるのを、なんとかこらえる。

「誰かが俺たちを見ているな。ここから西に半町ばかり行った辻だろう」

「商家の陰に身をひそめておる。どうやら二人おるな。湯瀬、捕らえるか」

辻の方角に目をやることなく、佐之助が提案する。

「よし、やろう」

ためらいを見せることなく直之進は点頭《てんとう》した。いったい誰がなにを目的として、辻からこちらを窺っているのか。それを明かさなければならない。

直之進と佐之助は体《たい》をさっとひるがえして走り出した。

その瞬間、こちらの意図を読んだかのように眼差しが消え失せた。

逃げ出しおった、と直之進は感じたが、足を止めるつもりはない。必ず引っ捕らえてやるとの思いで一杯だ。

佐之助も同じ心持ちのようで、今は直之進の前を走っている。相変わらず足は速い。佐之助に置いていかれないように直之進は必死に駆けた。

佐之助と直之進は辻に走り込んだ。荷物を背中に負った店《たな》の奉公人らしい男が佐之助とぶつかりかけ、ひっ、と声を上げてひっくり返りそうになった。直之進は手を伸ばして奉公人を支えた。

「ああ、すみません」

奉公人があわてて頭を下げる。

「いや、こちらこそすまなかった」

奉公人が一礼し、荷物を担ぎ直して歩き出した。

商家の陰には怪しい二人の姿はなかった。

「どこに行った」

顔を上げ、直之進は北側に延びている道を眺めた。

「そっちだ」

辻から三間ばかり北へ進んだところに、細い路地が口を開けている。土を蹴り、佐之助が走り込んだ。直之進もすぐに続いた。

「いたぞ」

佐之助が走る速さを一気に上げ、路地を突き進んでいく。直之進は佐之助の背中越しに、逃げていく男二人のうしろ姿を認めた。十間以上も距離がある。

二人の男は職人のような恰好をしている。敏捷《びんしょう》そうな身のこなしで狭い路地を右に曲がったり、すぐに左に折れたりして駆け続けている。このあたりに土地鑑があるような走りっぷりだ。

二人とも足はひじょうに速く、佐之助も直之進も懸命に走っているものの、なかなか差は詰まらない。

やがて、二人の姿が直之進の視野から遠去かりはじめた。逆に差をつけられつつあるのだ。

それでも、あきらめることなく直之進は走った。前を走る佐之助も必死に足を動かしている。

だが二人の男が大通りに出た直後、直之進たちはそのうしろ姿を完全に見失ってしまった。大勢の者が通りを行きかう中、二人はあっという間に雑踏に紛《まぎ》れ込んでみせたのだ。

どうやら左手の路地に入り込んだらしいのはわかったが、そこまでだった。その路地にも行商人や子供、杖《つえ》をついた年寄り、浪人らしい者など多くの者が歩いていたのだが、目当ての二人の姿は見当たらなかった。

路地に入って五間ばかり走り進んだものの、ついに足を止めた佐之助が眉間にしわを寄せ、無念そうな目をした。

直之進も立ち止まるしかなかった。さすがに息が荒くなっている。

「くそう、逃がしてしまった」

悔しげに佐之助がつぶやく。別にあえいでなどおらず、平静な呼吸を保っている。

「逃げ足の速い二人だったな」

息をととのえつつ直之進がいうと、うむ、と佐之助がうなずいた。

「あと少しだと思ったが、そこから差が縮まらなんだ」

佐之助が無念そうに首を振る。

「しかし倉田、今の二人は何者だ」

直之進にきかれて、佐之助が少し考えた。

「撫養《むや》知之丞《とものじよう》の手の者か」

うむ、と直之進は顎を引いた。撫養は阿波の旧家の出で、直之進が鎌幸《れんこう》から預って腰に差している三人田を狙っている。

「それがいちばん考えやすい。だが倉田、俺たちがあとをつけられたわけではないぞ」

「うむ、その通りだな」

悔しさを露わにして、きびすを返した佐之助がうなずいた。

いつまでもこの場にいてもしようがなく、直之進と佐之助は米田屋に向かいはじめた。

「湯瀬、俺たちは背後には十分に気をつけて小日向東古川町にやってきたゆえ、それはまちがいなかろう。逃げ去った二人は、はなからあの辻に身をひそめていたとしか思えぬ」

「俺たちが米田屋を訪ねることを、あらかじめ知っていたということか」

「それはなかろう」

すぐさま佐之助が首を横に振る。

「辻にいた二人は、米田屋を見張っておったのではないか」

佐之助が不思議そうに首をひねっている。

「どうした、倉田」

「なにゆえ撫養の手の者が米田屋を見張っておるのか、と思ってな。三人田を通じて撫養知之丞との関わりができてから、俺たちが米田屋に足を運ぶのはこれが初めてだろう。米田屋は撫養とはなんら関係ないはずだ。撫養がこの店と俺たちのつながりを知っておるわけがないのに、なにゆえかと考えたのだ」

「確かにその通りだな」

腰の三人田の鍔《つば》に置いた親指に、直之進は力を込めた。

「しかし倉田、あの二人が、俺たちがここ東古川町に来るより先に米田屋を見張っていたのは紛れもない事実だ」

「湯瀬、先ほどの二人が撫養の手の者でないとは考えられぬか」

「むろん考えられよう。琢ノ介が商売上のうらみを買い、誰かが復讐の機会を狙って米田屋を見張っていたということもあり得るゆえ。しかし、俺は先ほどの二人は撫養の手の者だと思う」

断ずるように直之進はいった。

「なにゆえそう思う」

「俺は、撫養の手下とは何度か刀を合わせている。先ほどの眼差しから感じ取った気配が、前に戦った手下たちとよく似ているように思えたのだ」

米田屋を目指しつつ直之進は佐之助にいった。

「ほう、そうなのか。辻にいた二人が撫養の手の者だとして、なにゆえ米田屋のことを知っておったのだろう」

「琢ノ介と撫養のあいだで、なんらかの関わり合いがあったとしか考えられぬ。だとしたら、それは一つしかないのではないか」

目を上げて直之進は告げた。うむ、と佐之助がすぐさま首肯《しゅこう》する。

「一昨日の晩、樺山が襲われたことと関係があると、湯瀬はにらんでおるのだな」

間を置かずに佐之助が続ける。

「樺山を襲ったのは撫養かもしれぬな。もしくは撫養の手の者か」

「それしかないのではないか」

直之進は同意を示した。

「珠吉によれば、富士太郎さんに対し、刺客はすさまじい斬撃を繰り出してきたというから、もしかすると三人田を手にしていたのかもしれぬ」

邪悪さを秘める、もう一振りの三人田だ。

「例の三人田か。もしそうだとしたら、樺山はよくかわせたものよ」

「富士太郎さんはあれで剣の筋は悪くないし、勘も鋭い。命があったのは、決して偶然ではない」

「異変を察知する樺山の能力は、人並み外れたものだ。その力に加え、物事を見通す力が備わっておるゆえ、辣腕《らつわん》の定廻りとして名を馳《は》せてもおるのだろう」

軽く咳払《せきばら》いし、佐之助が言葉を切った。それでも、とすぐにいった。

「刺客の腕は、樺山を亡き者にするには若干足りなかった。それはおそらく事実だろう」

「三人田を握れば、すさまじい斬撃をおのがものにできるようになるが、実際には、手にしている者の腕を選ぶような気はするな」

「そうであろう。もし湯瀬が刺客だったら、今頃は樺山の葬儀が行われていただろうな」

　その通りだろう、とはさすがに直之進はいえなかった。

「しかし倉田――」

　話題を変えるように直之進は呼びかけた。

「先ほどの二人を捕らえていたら、鎌幸や撫養の居どころを吐かせることができたであろうに。繰《く》り言《ごと》に過ぎぬが、やはり逃がしたのはまずかったな」

「はなから逃げようと意図していた者を捕らえるのは、至難の業《わざ》よ。仕方あるまい」

　直之進を慰《なぐさ》めるように佐之助がいった。

　話しているうちに直之進と佐之助は米田屋の前に戻ってきた。

「着いたな」

　いって直之進はなんとなく西の辻を見やった。そこにこちらを監視しているような者の姿はない。

　直之進は、目の前のくぐり戸を見つめた。

　これまでなら、と直之進は琢ノ介の顔を脳裏に思い描いた。直之進たちの気配を察した琢ノ介がくぐり戸を開けて、早く入れとうながしただろうが、今朝はそんなことは起きようがない。

琢ノ介、と心で呼びかける。頼むから死ぬな。死んだら張り倒すぞ。

「倉田、入るか」

寂寥《せきりょう》の思いを押し隠し、直之進は佐之助にいった。

うむ、と佐之助が首を縦に動かした。

「俺は米田屋のことが案じられてならぬ。早く顔を見たい。樺山も来ておるだろう」

その通りだな、と直之進は思った。珠吉が雄哲を米田屋まで案内した以上、あるじの富士太郎がここにいるのは当然のことだ。

「樺山から一昨日の晩の詳しい話もきかねばならぬ。話をきければ、なにゆえ撫養の手の者がこの店を見張っていたか、はっきりするのではないだろうか」

「いや、倉田、それはもうわかったような気がするぞ」

「おっ、そうなのか」

うむ、と直之進は顎を引いた。

「富士太郎さんを襲った刺客が逃げた直後、琢ノ介が倒れ、樺山屋敷に担ぎ込まれた。樺山屋敷には、当たり前のように撫養の手の者が見張りについただろう」

「その通りだな」

佐之助がうなずく。すでに直之進がいわんとすることに見当がついたようだが、なにもいわなかった。

「樺山屋敷で一晩様子を見たが、昨日の夜明け前、琢ノ介は大八車で米田屋に身柄を移された。見張りの者は当然、大八車のあとを追いかけただろう。そして大八車は米田屋に到着し、撫養の手の者は西の辻からこの店の監視をはじめた」

「まちがいあるまい。それで、俺たちより先に撫養の手の者がいた理由がはっきりしたな」

佐之助にうなずいてみせ、直之進は目の前の戸口を改めて見つめた。琢ノ介のことがまたも思い出される。

「――琢ノ介は目を覚ましているかな」

「少しでも話ができるようになっておったらよいが……」

――しかし期待はせぬほうがよかろう。

手を伸ばし、直之進は静《いら》かにくぐり戸を叩いた。

おきくの声で応えがあった。相手が自分の女房でも直之進はきちんと名乗った。

さるが外され、くぐり戸がきしんだ音を立てて開く。

顔をのぞかせたのは、やはりおきくだった。

「あなたさま」

直之進を見て、ほっとした顔になった。

——さすがに疲れた顔をしているな。琢ノ介の具合がよくないのだろう。

直之進は顔をしかめそうになったが、なんとかこらえた。

おきくは直太郎をおぶっている。息子はなにも知らずに、すやすやと安らかな寝息を立てている。

佐之助に向かって、おきくが丁寧に挨拶《あいさつ》をする。

笑みをたたえて佐之助が辞儀を返した。かわいいな、と直太郎を見てつぶやく。

この男も、とその様子を目の当たりにして直之進は思った。千勢とのあいだに、息子を望んでいるのではあるまいか。

——倉田のせがれか。父親に似て、きっとすばらしい男に成長するにちがいない。

直之進はすでに、佐之助の息子に会ってみたいという気持ちに駆られている。

「どうぞ、お入りになってください」

　おきくにいわれ、直之進と佐之助は薬湯らしい甘いにおいが漂う暗い土間に足を踏み入れた。

　おきくがくぐり戸を閉じようとするのを、佐之助が制した。いちど外に顔を突き出してからくぐり戸をそっと閉め、さるをかけた。

　佐之助のその動きを見て直之進は、外に怪しい者の気配はなかったようだな、と思った。

　内暖簾がかかっているすぐ下の沓脱《くつぬぎ》に、雪駄《せった》や草履《ぞうり》がいくつも置かれている。その中には、富士太郎のものらしい履物もあった。

　——忙しい中、やはり富士太郎さんも来ているのだな。

　直之進は頭が下がる思いだった。

　——琢ノ介とはよく口喧嘩をしているが、やはり心配でならぬのだ。

　富士太郎と琢ノ介の仲のよさが偲《しの》ばれた。

　雪駄を脱ぎ、直之進はおきくに続いて廊下に上がった。後ろに佐之助が続く。

「琢ノ介の容体《ようだい》はどうだ」

　声を低くして、直之進はおきくにたずねた。ぐっすりと眠っている直太郎を起とあらわれていた。

おきくが、ちらりと直之進を見て答えた。その横顔には、憂《うれ》いの色がくっきり

「いえ、まだです」

「気がついたか」

こしたくはない。

「やはりそうか」

直之進の背後から、佐之助の沈痛なつぶやきが聞こえた。

すぐにおきくが足を止め、左側の腰高障《こしだかしょうじ》子を開けた。薬湯のにおいがさらに強まって、廊下に流れ出す。

六畳間に布団が敷かれ、琢ノ介が横になっている。ここは以前、先代のあるじ光右衛門の部屋だった。そこにいま琢ノ介が意識もなく寝ている。

――我が舅《しゅうと》を失ってからまださほどたっておらぬのに、またここで琢ノ介まで死なせてたまるものか。舅どの、どうか、琢ノ介を助けてくれぬか。

直之進は無言で祈った。

琢ノ介の枕元に雄哲が座しており、直之進と佐之助に目顔でうなずきかけてきた。かたわらに立派な薬箱が置いてある。

雄哲の手当の邪魔をしないためか、琢ノ介の足のほうに富士太郎と珠吉が並んで端座していた。

そういえば、と直之進は思い出した。雄哲は富士太郎の父親とも親しく、最期を看取ったほどの仲だったと聞いている。

「おはようございます」

ささやくような声で富士太郎が挨拶してきた。珠吉も律儀に頭を垂れた。

富士太郎は常に明るい笑いを絶やさない気持ちのよい男だが、今はひどく暗い顔をしている。

——琢ノ介が倒れたのは、自分のせいだと考えているのかもしれぬ。富士太郎さんの性格ならば、おそらくそういうことであろう。

富士太郎さんに責任はない、元気を出せ、といってやりたかったが、いま口にすべきことではないような気がした。直之進は小さな声で挨拶を返した。

おあきとおれんの姉妹も顔をそろえており、直之進たちを見るや、すぐさま立ち上がって、ご足労ありがとうございます、と頭を下げてきた。

おあきの腰にしがみつくようにして、祥吉も立っている。身じろぎ一つせずに琢ノ介をじっと見ているが、今にも泣き出しそうな顔をしている。

早く目を覚ましてよ、と祥吉は琢ノ介に心で訴えているように直之進には見えた。

——その声に応えてやれ。

直之進は寝床の琢ノ介を見つめたが、昏々《こんこん》と眠り続けており、意識を取り戻しそうな兆《きざ》しはまったく見受けられない。

直之進と佐之助は、おあきとおれんが空けてくれた場所に、すまぬ、といって座した。

刀を畳に置いてから首を伸ばし、直之進は琢ノ介の顔をのぞき込んだ。ひどく白い。北国の出の琢ノ介はもともと色白だが、今はまるで顔中に蠟《ろう》でも塗りたくったようだ。息遣いはさして荒くはなく、むしろ穏やかなほうだろう。健《すこ》やかな琢ノ介ならば、熟睡しているときは雷のようないびきをかく。この息の落ち着きようは、病の重さを感じさせて直之進にはむしろ不気味でしかなかった。

琢ノ介は、ときおり苦しげに眉根を寄せることがある。それと同時に、息もかすかに荒くなる。

なにやら悪夢を見ているかのような琢ノ介が、直之進には不憫《ふびん》でならなかった。

悪夢から解き放ってやりたく、早く目を覚ませ、と体を揺さぶりたくなる。しかし、そんなことをしても意味がないのはわかっている。

いや、むしろ悪い影響を及ぼすことになるのではないか。

琢ノ介から目を転じ、直之進は雄哲をじっと見た。

直之進の眼差しをしっかりと受け止めて、雄哲が、ふむう、と鼻から太い息を吐いた。直之進に向かってうなずいてみせる。

「おあきさんたちも座りなさい。秀士館でも話したが、米田屋どのは、やはり心の臓がだいぶ弱っておるようだ」

いかにも名医らしい厳《おごそ》かな声で、雄哲が告げた。

――やはり心の臓だったか。

直之進は自分の胸がきゅんと痛んだような気がした。助かりましょうか、ときたかったが、おあきや祥吉、おれんたちの手前、そこまではっきりとたずねることは憚《はばか》られた。

「先ほど米田屋の皆さんにも申し上げたが、命に別状はない、といいたいところだが、正直わからぬ」

額《ひたい》に太いしわをつくって雄哲がいった。

「さようですか」

一瞬、直之進の気持ちは弾みかけたが、ぬか喜びでしかなかった。

顔をうつむけ、雄哲が空咳をした。すぐに目を上げ、口を開いた。

「必ず目を覚ます、というのはたやすいが、医者として無責任な物言いをするわけにはいかぬ」

そうであろうな、と直之進は思った。

「果たして助かるかどうかは、米田屋どのの体の強さにかかってくる。それと、運のよさもな。米田屋どのは運が強いほうかな」

雄哲が直之進に問うてきた。

「それはもう」

直之進は大きくうなずいた。

「琢ノ介はこれまで危うい場面に何度も出くわしましたが、すべて切り抜けてきました。相当の運の強さがなければ、どこかでくたばっていたはずです」

家人の前だが、このくらいの言い方は許してもらえるだろう、と直之進は思った。

「それならば、期待は十分に持てよう。運のよさというのは、人が生きていく上で実に大切なものなのだ。――ふむ、確かに米田屋どのは運がよさそうだな。こんなに美しい女性を女房にしておるくらいだ」

雄哲の目は、おあきに向けられている。本当にうらやましそうな顔つきをしていた。

そういえば、と直之進は思い出した。雄哲どのは独り身だったな。歳は六十近いはずだが、良縁には恵まれなかったということか。妾《めかけ》はいたはずだ。

「話がそれたな」

照れたようにいって雄哲が手を伸ばし、琢ノ介の脈を診《み》た。すぐに難しい顔になり、首をかしげ気味にした。

それを見て直之進は、琢ノ介が予断《よだん》を許さぬ容体であることが実感され、暗澹《あんたん》たる気持ちになった。

「発作を起こしたときに動かさなかったのは上出来だった。それはともかく、夜明け過ぎにわしがこちらに来た頃より、少しだけよくなってきておるかな。薬が効きはじめておるのだろう」

それを聞いて、おあきやおれんが愁眉《しゅうび》を開いた。直之進もほっとした。佐之助や富士太郎、珠吉も安堵の息を漏らした。

「しかし、まだまだ油断はできぬぞ」

戒《いまし》めるように雄哲がいった。

「もっとも、わしの手元には心の臓によく効く秘薬があってな。わしは、その薬の効き目に全幅の信頼を置いておる。今はそれを米田屋どのに飲ませて様子を見ておるのだが、この分ならうまくいくかもしれぬ。いや、医者として軽々しい物言いは厳《げん》に慎まなければならなかったな」

いちど口を引き結んでから、雄哲がさらに話す。

「米田屋どのに投薬したのは、わしが循《じゅん》納散《のうさん》と名づけた薬だ。今はこれを日に三度、米田屋どのに飲ませることが肝心だ」

「眠り続けている者に、どうやって薬を飲ませるのですか」

小首を傾げて直之進は雄哲にきいた。

「循納散は、薬湯にして飲むようになっておる。先ほど米田屋の皆さんにも申し上げたが、人肌くらいに冷ました薬湯をさじですくい、患者の唇を押し開くようにして少しずつ口中に流し込んでいけばよいのだ。それで昏睡している患者でも、薬が体内に染み渡るはずだ」

「循納散が効くと、米田屋はどうなるのかな」

これは佐之助がたずねた。うむ、と雄哲が佐之助にうなずいてみせる。

「この薬が効きさえすれば、数日のうちに目を覚ますはずだ」

おあきやおれんたちの顔に光明《こうみょう》が差す。

数日中か、と直之進は思った。循納散の効果が早くあらわれぬか、と考えたが、もしなにも効き目らしいものが出なかったら、と思うと、日がたつのは怖くもあった。

「もし数日中に効き目が出なかったら、米田屋はどうなる」

また佐之助が雄哲にきいた。

「答えにくい問いではあるが――」

覚悟を決めたように雄哲が腹に力を入れ、背筋を伸ばした。

「そのまま目を覚ますことは二度とないであろう」

ためらうことなく一気に告げた。

むう、と直之進は胸中でうなり声を上げた。隣で佐之助が厳しい顔をしている。

おあきやおれん、おきくが声もなく黙り込む。大人たちのやりとりがわかるようになってきている祥吉も、口を開けて呆然とした顔をしている。

富士太郎と珠吉も、虚脱したような表情になっていた。

「だが、きっと循納散が効くとわしは確信しておる。これまで心の臓を患《わずら》った者に循納散を処方して、治らなかった者はほとんどおらぬ」

「治らなかった人もいらっしゃるのですね」

これはおあきが問うた。

「それは、もちろんおる」

厳しい顔で雄哲がうなずく。

「だが、米田屋どのよりもずっと重かった患者も本復《ほんぷく》しておる。きっと米田屋どのも大丈夫だ」

医者として軽々しい物言いはできない、とさっきいったばかりにもかかわらず、雄哲は、大丈夫だ、と口にした。どうやら、この部屋に満ちている重苦しさに耐えきれなくなったようだ。このあたりに、雄哲の人のよさがあらわれている。

ふう、と雄哲が息をついた。

「米田屋どのはこの店の跡を継いでから、ずっと商売で出歩いていたとのことだが、以前はあまり歩くことはなく、太り気味だったそうだな」

雄哲の目は直之進に向けられている。はい、と直之進は答えるしかなかった。

――太り気味とはかなり控えめないい方だな。

実際には、今も琢ノ介は肥《こ》えており、腹が突き出ているのだ。商売に精出したおかげか少し引き締まった感はあるものの、商いに励めば励むほど空腹が募《つの》る分、よく食べていたのはまちがいなさそうだ。

酒樽のような、と直之進は最近の琢ノ介を見て思ったことがあるくらいなのだ。

襟元《えりもと》をととのえて雄哲が目を下に向け、琢ノ介を見つめる。

「やはり人にとっては、太り過ぎはよくないのだ。心の臓というのは、人足のような働きをしておるのではないか、とわしは思うておる。それゆえ、太っている者は少しでもやせようと努めるほうがよい」

「雄哲先生、いま人足とおっしゃいましたか」

雄哲の言葉の意味がつかめず、直之進は即座にきいた。

「人足でなくとも駕籠《かご》かきでもよいがな。――ここにいるみんなも、鼓動というものを聞いたことがあるだろう。犬や猫にもあるのだが」

わずかに表情をゆるめて、雄哲が胸に手を当てた。祥吉が同じ真似をする。

「鼓動というのは、心の臓が動いておる証だ。心の臓は一瞬たりとも休むことなく、我らが眠っている最中も働いておる。止まったときは死ぬときだが、幸いにも米田屋どのの心の臓はしっかりと動いておる」

言葉を切り、雄哲がそこにいる全員の顔を見回した。

「そんな働き者の心の臓は、肝の臓と並んで体の中で最も大切なものだ。肝心や肝心要《かんじんかなめ》という言葉はここから出ておるのだぞ」

そのことは直之進も聞いたことがある。

「目方が軽い者と重い者とでは、心の臓にかかる負担がだいぶちがってくるのだ。大八車を引くのに軽荷のほうが人足は楽だし、駕籠かきにしても軽い客のほうがずっと担ぎやすかろう。それは、心の臓にとっても同じことなのだ」

初めて聞く話で、直之進は目が覚めるような思いだった。

軽く息を吸って雄哲が語を継ぐ。

「目方が重いと、心の臓の働きが早くにまいってしまうことが、ままあるのだ。太り過ぎては駄目、できるだけ摂生《せっせい》に努めなさい、と我々医者が口を酸っぱくしていうのは、そういうわけなのだよ」

わかったかな、というように雄哲が部屋にいる者たちを再び見回した。

「もっとも、医者の不養生《ふようじょう》というくらいだから、口にするだけでまるで摂生ができぬ医者も多い。もちろんわしもその一人よ」

にこりと雄哲が笑う。

そのとき不意に、直之進は歯ぎしりのような音を聞いた。なんだ、と思ったら、次いで獣の咆哮《ほうこう》のような声が直之進の耳を打った。琢ノ介がうめき、まるで目を覚ましたかのように身を苦しげによじっている。

「琢ノ介、どうした」

直之進は叫んだ。佐之助や富士太郎、珠吉が膝立ちになる。おあきやおれん、おきくも目をみはっている。祥吉は肝《きも》を潰したのか、恐れたような顔をしていた。

実際、直之進にも琢ノ介の身になにが起きたのかわからない。

雄哲があわてて手を握ると、琢ノ介は静かになった。雄哲が琢ノ介の脈を診るや、むっ、と血相を変える。

いきなり覆いかぶさり、琢ノ介の体を激しく揺り動かしはじめた。

直之進は、はっとした。

——まさか、脈が止まったのではあるまいな。

それしか考えられない。直之進は身を乗り出して、琢ノ介を見た。佐之助や富士太郎、珠吉も同じ姿勢を取っている。

琢ノ介は息をしているように見えない。

こめかみに太い青筋を立てた雄哲が、琢ノ介の頬を張った。大きな音を立てて琢ノ介の顔が揺れる。

目を血走らせている雄哲が琢ノ介の胸に耳を当てた。

しかし、心の臓は止まったままらしく、がばっと身を起こすや、また琢ノ介の体を何度も揺り動かした。激しい揺さぶり方だ。

また琢ノ介の胸に耳を当て、雄哲が心の臓の音を聞く。だが、結果は同じだったようだ。

雄哲がまた琢ノ介の頬をぱん、と張った。

だが、琢ノ介からは寝息らしいものも聞こえず、じっと目を閉じたままだ。

さらに雄哲は琢ノ介の体を揺さぶり続けた。しかし、琢ノ介の様子に変わりはない。

むう、と雄哲がうなる。なすすべがない感じだ。座り直し、琢ノ介のまぶたをこじ開けた。瞳をじっと見ている。

——死んでしまったのか。

嘘だろう、と直之進は思った。そこにいる者すべてが愕然《がくぜん》としている。

静かに琢ノ介のまぶたを閉じ、雄哲が頭を垂れた。しばらくなにもいわず黙っていたが、やがて沈鬱《ちんうつ》な顔を上げた。そこにいる者一同を、暗さを宿した目で見回す。

まさか、と思って直之進は息をのんだ。

「ご臨終《りんじゅう》です」

雄哲が厳かに告げた。

ええっ、と直之進は絶句した。

ううっ、と女たちが一斉《いっせい》に泣き崩れる。

「なんとかならぬのか」

佐之助が怒鳴るようにいう。

「もはや、いかんともし難い……」

申し訳なさそうに雄哲がいってうなだれた。

「力及ばず、このような仕儀になってしもうた……」

「嘘だろう」

佐之助が呆然とつぶやく。

「おとっつぁん」

わあ、と泣いて祥吉が琢ノ介に抱きついた。

「死んじゃあ駄目だよ。お願いだから生き返ってよ」

祥吉が琢ノ介にむしゃぶりついて、わんわん泣く。

「目を覚ましてよ、お願いだよ。今度一緒に独楽《こま》回しするって約束したじゃないか」

痛ましい思いで祥吉を見ていた直之進は、うう、という声を聞いたように思った。勘ちがいか、とは一瞬たりとも考えなかった。

「今のは——」

祥吉の横に勢いよく進み出て、直之進は琢ノ介の顔を見つめた。かすかに唇が動いた。うう、とまた声がした。

「生きている」

鋭い声を放って直之進は雄哲を見た。えっ、と女たちが涙顔を上げた。佐之助や富士太郎、珠吉も琢ノ介を凝視《ぎょうし》する。

「まことか」

驚いて雄哲がまた琢ノ介の脈を診る。

「おっ」

雄哲の顔に喜色が浮かんだ。

「おっ、まことに脈が戻っておる。生き返りおった」

おおっ、と直之進たちは歓声を上げた。

「きっと祥吉の声が、米田屋さんの魂に届いたのであろうな。あの世に行く前に、祥吉が引き戻してくれたのだ」

それからしばらく雄哲は琢ノ介の目や口の中、脈などを診ていた。

「うむ、これなら大丈夫だろう」

額の汗をぬぐい、ほっとしたように雄哲がいった。

「先ほどみたいに容体が急変するようなことはあるまい。——それにしても肝を潰《つぶ》した」

その言葉には実感が籠もっていた。

「よし、今日はこの辺でお暇《いとま》するとしよう」

かなり疲れた顔で、雄哲が薬箱を手早く片づけて立ち上がった。

「あの、先生、おいくらでしょう」

まだ涙の残っている顔で、おあきが雄哲にきいた。

「いや、いただくわけにはいかぬ」

「いえ、そういうわけにはまいりません」

「本当にけっこうだ。わしはすでに隠居の身。お代をいただくような身分ではない。だから、供も連れておらぬのだ。一年前ならたんまりとふっかけているところだが、今のわしはちがう。無用じゃ」

「でも……」

「今のわしは、片手間で医術を施しているようなものだ。本業でもないのに、代をいただくわけにはいかんのだ。これは、今のわしの信念でもある」

これは明らかに、と直之進は思った。代を断る名目だろう。

なにしろ雄哲は、老中首座の御典医筆頭だった男である。片手間というのが真実であっても、それだけの地位にいた男の手当を受けて、ただということはあり得ない。

おあきも同じように考えたらしい。

「でもお薬だって、仕入れにお金がかかっているはずです」

「それが、薬の仕入れ代はまったくの無料なのだ」

雄哲が自慢げに鼻をうごめかせる。

「秀士館には、古笹屋《こざさや》民之助《たみのすけ》という薬種問屋のあるじがおる。この男も、わしと同様に医薬方の教授として佐賀どのから招かれておるのだ。民之助には本業があるゆえ、ときおりしか秀士館には姿を見せぬが、わしはこの男から薬草などを融通してもらっておる。同じ秀士館の教授として働いておるゆえか、民之助は実に気前がよい。まこと、いろいろとただで分けてくれるのだ」

これは偽りなどではないだろう、と直之進は思った。

「でも、先生にここまでご足労いただき、主人の手当までしていただいたというのに、お代を差し上げないというのは、心苦しいものがございます」

おあきは懇願の顔だ。

「このようなことで心苦しく思うことはない。お内儀まで病に倒れてしまったら、元も子もないぞ」

雄哲がまじめな顔でいう。

「お内儀、本当に代はよいのだ。これ以上、代のことをいうと、わしはこの家の敷居を二度とまたぎませんぞ」

おあきを脅すような言葉を吐いた。

「えっ、それは……」

おあきが言葉を失う。

「おあきどの、代のことはもう二度といいませんな」

念を押すように雄哲がきく。しばらくおあきは雄哲を見つめていたが、ふっと肩から力を抜いた。

「は、はい、わかりました」

「それでけっこう」

改めて雄哲が薬箱を持った。

「お供いたしやす」

珠吉がすぐさま申し出る。

「けっこうだ」

手を振って雄哲が断る。

「いえ、そういうわけにはまいりません」

「一人のほうが気楽でよいのだ。途中、蕎麦《そば》屋にでも寄って、腹を満たそうと考えておるしな」

先生、とおあきが呼びかけた。

「今から、うちも朝餉《あさげ》にいたします。ご一緒にいかがですか」

「いや、遠慮しておこう。今日はどうしても蕎麦切りが食べたいのだ」

「さようでございますか」

「おあきどの、お気持ちだけ受け取っておこう。ではこれでな。お大事に」

「ありがとうございます、先生」

「礼などいらん」

「あの、先生、本当に供はよろしいんですかい」

申し訳なさそうに珠吉がきく。

「本当によい。おぬしは、これから富士太郎どのについて町々の見廻りをしなければならんのだろう。わざわざ日暮里まで行っていたら、戻りが大変ではないか」

「はあ、それはそうなのですが」

「本当にわしは一人でよい。もし疲れたら駕籠を拾えばよいしな。――おぬしは本業をおろそかにしてはならんよ。樺山どののそばに常についておりなされ」

「はい、承知いたしました。お心遣い、畏《おそ》れ入りやす」

珠吉が深々と頭を下げる。

「礼などいらんよ」

先ほどと同じことを口にした雄哲が薬箱を手に出ていく。そこにいた全員が琢ノ介の眠る部屋をあとにした。

米田屋を出ていこうとする雄哲が、気づいたように振り向いた。祥吉の目の高さに合わせて腰を曲げる。

「祥吉や、お手柄だった。おまえさんのおかげで、おとっつぁんは生き返ったぞ。わしよりずっと名医だな」

うれしそうに雄哲を見上げている祥吉の頭をごしごしと手でなでさすってから、雄哲が往来《おうらい》に出た。

ひどく蒸し暑い中、薬箱を持つ雄哲の後ろ姿が遠ざかっていく。感謝の思いを込めて直之進たちは、見えなくなるまで見送った。

「俺はまだしばらくここに残るつもりだが、富士太郎さんたちはどうする」

これから見廻りに出るのか、という意味で直之進はきいた。

「直之進さんと倉田さんにお話ししたいことがあるので、それがしももう少しこちらにいようと思います」

「そうか、わかった」

直之進たちは琢ノ介のもとに戻った。

琢ノ介が目を覚ましているのではないか、という期待が直之進にはあった。だが、残念ながら琢ノ介は今も眠り続けていた。

直之進たちは思い思いに六畳間に座した。おあきやおれん、おきくの三人は朝餉の支度のために台所に入った。

祥吉は琢ノ介の枕元に座り、眠っている義父の顔をじっとのぞき込んでいる。

――血はつながっておらぬのに、琢ノ介にこんなにもなついてくれているのか。

琢ノ介を慕う祥吉があまりにけなげで、直之進は思い切り抱きしめたくなった。

――大丈夫だ、おとっつぁんは必ず目を覚ますよ。

直之進は心で祥吉に語りかけた。

――おぬしのおとっつぁんは、この程度でくたばるような柔《やわ》な男ではない。

二

塚ノ介の枕元に直之進、佐之助、富士太郎と珠吉の四人が額をつき合わせていた。

「一昨日の夜のことは珠吉から聞いたが、樺山、おぬしから改めて話してくれぬか」

時を惜しむかのように佐之助が富士太郎に水を向けた。

「お安い御用です」

八丁堀の組屋敷近くで襲われた経緯《いきさつ》をすらすらと富士太郎が述べ立てた。珠吉の話とほとんど変わるところはなかった。

それでも、佐之助にはなにか感じるものがあったようだ。じっと塚ノ介に目を当ててから顔を上げた。

「昨晩、珠吉から聞いたのだが、立ち小便をしていた大田源五郎《おおたげんごろう》という同心が、背後から斬り殺されたそうだな」

「はい、四日前のことで、一刀のもとに両断されていまして、それはもうすさまじい斬り口でした」

身を震わせるようにして富士太郎が答えた。

さらに詳しい話をきいた佐之助が大きくうなずいた。

「その大田どのを殺した下手人《げしゅにん》と、樺山を襲った刺客は同一人にちがいない。その刺客が手にしていたのは、邪悪な三人田でまちがいなかろう」

「邪悪な三人田……」

富士太郎がつぶやく。

「樺山、もう一度きくが、米田屋はおぬしを襲った刺客と対峙したのだな」

「はい、それがしを守るように刀を構えて刺客の前に立ちはだかりました」

そうか、といって佐之助が下を向く。

「米田屋は、邪悪な三人田に気《き》を当てられたのかもしれぬ」

十分にあり得るな、と直之進は納得した。もともと心の臓が弱っていたところに、邪悪な三人田と相対したことで、琢ノ介は強い気をまともに受けてしまったのではないか。

健やかなときなら、さしたる影響もなかったのだろうが、太りすぎた今の琢ノ介には耐えられなかったのだ。

襲われた富士太郎のもとに駆けつけ、刺客に対したとき、琢ノ介は自らの体の異変を感じ取っていたのかもしれない。

だからこそ大声を上げて、まわりの屋敷の者たちに助勢を請《こ》うたのではないか。

「倉田さん、邪悪な三人田とはなんのことですか」

富士太郎が佐之助にたずねた。今度は佐之助がここまでの経緯を手短に説明した。

「えっ、鎌幸さんが撫養知之丞なる者にかどわかされたというのですか。番所にその届けは出したのですか」

驚きの色を顔に貼りつけて富士太郎がきく。横で珠吉も同じ表情を浮かべている。

佐之助が深くうなずく。

「鎌幸のもとで働いている刀工の貞柳斎《ていりゅうさい》と迅究《じんきゅう》が、三河島村《みかわしまむら》の村名主に届けを出したそうだが、期待はできぬな」

「さようですか。江戸では行方知れずの者が多すぎて、町方も手が回らぬということもあります」

恥じ入るように富士太郎がうつむく。一転、気を取り直し、顔を上げた。

「その撫養知之丞とはいったい何者ですか」

「なにやら悪事を企んでおる男であるのは間違いない。もともとは、四国阿波国の蜂須賀《はちすか》家家中の者らしい。それが江戸に出てきたのだ。撫養家は源氏の血を引いておるらしいが、蜂須賀家においては忍びの者だったそうだ」

「忍びですか。阿波の山深い地に、忍びの村があると、なにかの軍記物に書いてあったような覚えがあります」

「軍記物は読むに値せぬものばかりだが、樺山が読んだのは書き手が詳しく調べてから書き上げたものかもしれぬな。樺山、なんという書物だったか覚えておるか」

「覚えてはいませんが、屋敷に戻って探せば、わかるかもしれません」

「いや、そこまでせずともよい。今は撫養知之丞の居どころを探り出すのが最も肝心なことだ。書物を繰《く》っているときではない」

「しかし、撫養の居どころに関して、なにか示唆を与えてくれる記述があるかもしれませんよ」

「そうかもしれぬが、頭と足を使って捜し出すほうが早かろう」

「それでも、一応、屋敷内を探してみます」

「わかった、そうしてくれ」

こほん、と小さな咳を富士太郎がする。

「――撫養は阿波国から江戸に出てきたとのことですが、蜂須賀家から放逐《ほうちく》でもされたのですか」

「なんでも、撫養が幼い頃、父親が家中でしくじりを犯し、一家で阿波を出ざるを得なくなったようだ」

「でしたら、撫養は江戸育ちも同然なのですね。育った町で、撫養はなにを企んでいるのでしょう」

「それが、はっきりとしたことはまだわからぬのだ」

「さようですか。なにゆえ撫養が鎌幸さんをかどわかしたのか、そちらはわかっているのですか」

「三人田のためだ」

佐之助の目が、直之進の横の畳の上に据えられる。視線の先にあるのは、鎌幸から預かった三人田だ。

「藤原勝丸《ふじわらかつまる》という平安の昔の刀工が、二振りの三人田を打ったのだ」

「なにゆえ藤原勝丸という刀工は、そのような妙な真似をしたのですか」

「妙な真似か。確かにな」

　少しだけ佐之助が考える。

「藤原勝丸という刀工が天才だったのは紛れもない。鍛刀《たんとう》する上で、技の引き出しがいくつもあったにちがいない。同じ刃文《はもん》や反《そ》り、長さの刀を打てること自体、すさまじい技としかいいようがないが、見た目は瓜二《うりふた》つにもかかわらず、まったく異なる性質を持つ刀身になるように打ってみたのではないだろうか」

「そんなことができるなど、まこと天才以外の何者でもありませんね。藤原勝丸の意図とはなんですか」

「自らの技をひけらかそうというような下劣な考えではなかっただろう。勘考《かんこう》するに、いろいろな技を見せることで、弟子たちにおのが技の奥義を伝授しようという考えがあったのではあるまいか」

　顔を紅潮させた佐之助が言葉を切り、少し息を入れた。三人田のことを話すこと自体、さすがの佐之助でも、かなりの体力を必要とするのかもしれない。

「藤原勝丸は渾身の技と魂を込めて、二振りの三人田を打ったはずだ。そして、でき上がった二振りは藤原勝丸をして最高の出来といわしめるほどの仕上がりだったのではないか。二振りの三人田がいずれ必ず名刀と呼ばれる日がくることを、藤原勝丸はわかっていたのだろう。むろん、当時は三人田という名は、まだつけられていなかっただろうが」

なるほど、と直之進は思った。佐之助の眼力の鋭さには感嘆せざるを得ない。

軽く息を吐き出して、佐之助が語を継ぐ。

「名刀と呼ばれるものには、たいていの場合、なんらかの魂が宿っておるものだ」

「ええ、そのような話はよく聞きます」

富士太郎が相槌《あいづち》を打った。佐之助がうなずきを返す。

「見た目は瓜二つにもかかわらず、もともと異なる性質の刀は年月を重ねていくうちに、一つは正義の剣となり、もう一振りは邪剣となったのではないかと思う」

ふむ、そういう解釈もあるかと、直之進は目をみはる思いだ。

「もちろん邪剣にしようとして、藤原勝丸は鍛刀したわけではなかろう。正義の剣と邪悪な剣。造り込みがちがうとはいえ、その差はいったいどこから出てきたのか」

佐之助が一呼吸置く。

「三人田を手にした者たちの精気や神気《しんき》に因《よ》っておるのではないか、と俺は考えておる」

「それはつまり、所有してきた者たちの心ばえや気立てなどが三人田の刀身に魂として染み込み、三人田が正義のほうに向くか邪悪に走るか、それを決定づけたというのですか」

「そういうことだ。正義を司《つかさど》る三人田は、正道を歩む者が持ち続けてきたのであろうし、邪悪な三人田はよこしまな心の持ち主や奸悪な輩《やから》が所持してきたのだろう。今も正義の三人田を湯瀬が持ち、邪悪なほうの三人田を撫養が所有していることが、そのことを如実にあらわしているような気がする」

——まさに慧眼《けいがん》としかいいようがないな。

直之進は心の底から感心した。

——倉田は、まさしく三寸俎板《さんずんまないた》を見抜く男としかいいようがない。

「邪悪な三人田は、いま撫養が所持しているのですか」

「もともと撫養家の宝刀だったようだ。撫養という男は、三人田が二振りあることを知り、そろえようとしておるのだ。鎌幸をかどわかしたのは、もう一振りの三人田がどこにあるか、きき出すためだったようだ」

「いま正義の三人田を直之進さんが帯びていることを、撫養は知っているのですか」

「知っておる。そのために、湯瀬は一度ならず撫養の手の者に襲われた」

「えっ、そうだったのですか」

目をみはって富士太郎が直之進を見つめる。

「なに、案ずることはない」

笑みを浮かべて佐之助がいう。

「さすがに湯瀬よ。傷一つ負うことなく切り抜けおった」

「それはよかった」

富士太郎が胸をなで下ろす。すぐになにかに思い当たったような顔になった。

「——鎌幸さんは大丈夫でしょうか」

「もう一振りの三人田のありかを撫養が知ることで、鎌幸がお払い箱にならぬかということだな」

「ええ」

言葉少なに富士太郎が答える。

「ところが、三人田にはまだなにやら秘密があるらしいのだ。それがどういうものかはっきりするまでは、撫養が鎌幸を殺すことはないのではないかと俺は踏んでおる」

「それならよいのですが。撫養が正邪二振りの三人田をそろえようとしているのは、そうすることでその秘密がはっきりすると踏んでいるからですね」

「さすがに鋭いな」

佐之助が富士太郎を褒《ほ》めた。

「正義の三人田と邪悪な三人田がそろうと、なにやらとんでもないことが起きるらしいのだ。撫養はそれがために二振りの三人田を手中にしようとしておるのだろう」

佐之助の言葉を聞き、富士太郎が眉を曇らせる。

「二振りの三人田がそろうと、いったいなにが起きるのですか」

「それはまだわからぬ。天変地異の類《たぐい》ではないかと、にらんではおるが」

「天変地異ですか。もしそのようなことが起きたら、人心は今以上にますます荒れるでしょう。では撫養は民心を惑わし、この太平の世を乱世に導こうと企てているのでしょうか」

「そのようなことでまずまちがいないと思う。撫養という男は、おそらく今の蓋《ふた》をされたような重苦しい世がいやでならぬのだろう。騒ぎを起こし、なんとか世の中を変えたいと願っておるのであろう。しかも厄介《やっかい》なことに撫養は忍びの技を身につけておる。太平の世を乱世に引き込むためにはどうしたらよいか、やつは知恵を絞っておるにちがいない」

言葉を切り、佐之助があとを富士太郎に任せる。

「撫養の最終目的は公儀を転覆させることでしょうか。それがしは、これしかないのではないかという気がします」

「湯瀬も俺も、そうではないかと考えておった。ただし、三人田の持つ秘密がどのようなものか、はっきりしたことは撫養もまだ知らぬのではないだろうか」

「撫養がまだ知らぬと、なにゆえ倉田さんは考えるのですか」

「三人田が文献にあらわれることは滅多にないからだ。三十年ばかり前、駿州《すんしゅう》沼里《ぬまざと》の実家の嘉座間《かざま》神社から盗まれた三人田の行方をしつこいほどに追っていた鎌幸だからこそ、これまで三人田についてさまざまなことを調べ上げ、熟知するに至ったはずなのだ。鎌幸は今この日《ひ》の本《もと》の国で、最も三人田に詳しい男といってよかろう」

「ゆえに、倉田さんの読み通り、鎌幸さんは生かされていると踏んだわけですね」

「うむ。撫養は鎌幸から三人田の秘密をきき出そうと躍起になっているにちがいあるまい」

「撫養が忍びであるならば、鎌幸さんは拷問されているかもしれませんね」

「鎌幸も風魔《ふうま》忍びの末裔《まつえい》を称しておる。それがまことのことならば、撫養の手のうちはよくわかるはずだ」

「鎌幸さんは風魔忍びの末裔なのですか」

富士太郎が眉根を寄せた。

風魔は戦国の昔、もともと相州《そうしゅう》小田原《おだわら》の北条《ほうじょう》家に仕えていた忍びの一党である。戦国の世が終わりを告げた頃、江戸の町をさんざんに荒らし回ったといわれている。

幕府が開かれるのと時を同じくして江戸に住み着いたはずの樺山家の先祖にとって、風魔は憎むべき者だったにちがいない。

富士太郎自身、風魔に対してあまりいい感情を抱いていないようだ。

ちらりと富士太郎を見てから、佐之助が話を続ける。

「鎌幸は三人田をいま誰が持っているか、撫養に問われたときも、白状しなかったのではないか。鎌幸の家を撫養の手の者が見張っていたことから、そのことは推測がつく。鎌幸がなにもしゃべらぬことに業を煮やした撫養は、三人田の行方をつかもうと、手下に鎌幸の家を見張らせておったのだろう」

「調子のよいあの男のことだ――」

直之進は口を挟んだ。

「撫養に三人田のさらなる秘密を問われたところで、でっち上げを口にしたり、はったりをかましたりして、ときを稼いでいるのではないかな」

「撫養を、なんとかはぐらかしてくれたらよいですね」

「うむ。もし鎌幸が秘密を知っているとして、撫養にしゃべってしまったら、用なしとばかりに始末されかねぬ」

ところで、と佐之助が話題を転じるようにいい、富士太郎を見つめた。

「番所の同心が次々に死んでおるといったな。珠吉の話では、南町奉行所きっての剣の遣い手が樺山に襲いかかったというではないか」

佐之助にきかれて、富士太郎が表情を引き締めた。

「はい、先輩同心の青口誠左衛門《あおぐちせいざえもん》さんに突然斬りかかられましたが、米田屋さんのおかげで命拾いしました」

「青口とかいう同心は、なにゆえ樺山を」

「わかりません。青口さんは奉行所の牢内に入っておりますが、坂巻《さかまき》さんを刺し殺したおさんと同じで、熱に浮かされたような目をしていました」

坂巻十蔵《じゅうぞう》は、一連の同心殺しの最初の犠牲者だ。

佐之助が腕を組んでうなった。

「倉田さん、それだけではありません。亡くなった同僚の後釜には、今のお奉行の気に入りの者が次々に据えられております」

「定廻り同心が何人も死に、その中でも邪悪な三人田で大田源五郎が殺され、樺山も三人田で斬られそうになった。定廻り同心の死に、撫養が絡んでいるのはまちがいない。すると、今の町奉行も撫養の仲間になるのか」

佐之助が鋭い口調で富士太郎に確かめる。

「そうかもしれません。確かに、お奉行の目は熱を帯びており、どこかうつろな感じもあります。病《や》み上がりのようなお顔をされています。お奉行は、薬を飲まされて、そのようなことをしているのではないかと、それがしは考えています」

「薬を飲ませたとすれば、もちろん撫養だな。町奉行の朝山越前守《あさやまえちぜんのかみ》は薬で操《あやつ》られておるというのか」

「そうではないかと、それがしどもは考えております」

それがしどもか、と直之進は思った。その中には多分、上役の与力、荒俣土岐《あらまたとき》之助《のすけ》も含まれているのだろう。

土岐之助は正義の人だ。その上、南町奉行所内で富士太郎のことを最も買っている男でもある。富士太郎にとって、この上なく心強い味方のはずだ。

「薬か……」

下を向いて佐之助がつぶやく。

「忍びは薬に習熟しておるからな。人を自在に操る薬を有しておっても、なんら不思議はない」

その通りだな、と直之進は同感だ。

「町奉行を操り、定廻り同心をおのれの意のままに動かせる者に入れ替える。撫養の狙いはなんだろうか」

直之進は佐之助と富士太郎に問うた。

「仮に一軒の商家が押し込みに遭い、皆殺しにされたとする」

すぐに佐之助が応じた。

「間髪容れずに町奉行所は探索をはじめるだろう。だが、その探索が新たに任についた定廻り同心によってねじ曲げられたとしたら、いったいどうなるか」

「それは、押し込みにまったく関係のない人に濡衣《ぬれぎぬ》を着せるということか」

「それもある。下手人がわかっても、わざと見逃すことも考えられよう」

そういうことか、と直之進は納得した。

「とんでもない。もしそんなことをしたら、番所に対する信用はまるっきりなくなってしまいます」

富士太郎が叫ぶようにいった。大声を出したことに気づき、あわてて琢ノ介を見る。

琢ノ介は相変わらず眠り続けている。

琢ノ介から目を離し、佐之助がかたく腕組みをした。

「犯罪の下手人がわざと見逃されたり、関わりのない者が下手人として捕らえられたりしたら、人心はひどくすさむだろう。公儀に対する信頼は地に墜ちよう。公儀の信用が失せれば、江戸はさらに物騒になるにちがいない」

「犯罪も、うなぎ登りに増えていくということですね」

「そうなれば、江戸の町は乱れに乱れよう」

「実はまだあるのです」

富士太郎がいった。

「まだあるというと」

すぐさま佐之助がきいた。

「お奉行の発案なのか公儀の要人の考えなのか、詳しいことはわからないのですが、江戸に暮らすすべての者に税を課すといいはじめたのです」

「貧しい者からも税を取るのか」

「はい。子供からもです」

「なんと。どういう手立てで徴収しようというのだ」

「江戸で暮らす者は年に一度、人別帳《にんべつちょう》への記載をせねばなりませんが、そのときに一人百文ずつ取り立てるとお奉行はおっしゃいました」

「一人百文か。狭い長屋で身を寄せ合って暮らしている者たちには、軽くない負担だ。夫婦に子が三人なら、五百文ということか」

「その通りです」

「赤子も取られるのだな」

「例外はないとのことです」

「では、武家からも取るのか」

「いえ、武家は支払う必要はないとのことでした。ただし、浪人からは徴収するとのことです」

「そんなことを強行するつもりなのか」

「お奉行はやるつもりのようです」

「その税を払えず、長屋を出るしかない者が続出するかもしれぬ。無宿人が増えるかもしれぬな」

「そんなことになれば、ますます江戸は荒れましょう」

「それこそが撫養の狙いだろうな」

佐之助がいいきった。

「では、これは撫養の発案なのですね」

確かめるように富士太郎がきく。

「それしか考えられぬ。町奉行に薬を盛り、術をかけてそのようなことをいわせたにちがいあるまい。おそらく老中や若年寄など公儀の要人にも、撫養は同じことをしておるのではないか」

「あっ」

富士太郎が声を上げた。

「そういうことですか」

「撫養は忍びの者ゆえ、老中の役宅だろうと若年寄の屋敷だろうと忍び込むのはお手の物だろう。深更《しんこう》に江戸の町に出て、公儀の要人たちに術をかけて回ったにちがいない」

「将軍にはどうでしょう」

「千代田城の本丸にまで忍び込んだかどうかは、さすがにわからぬ。だが、もし将軍にまで術をかけたとしたら、町奉行にわざわざ税のことをいわせる必要はなかろう。鶴の一声ですむことだ。ゆえに、おそらく将軍にはかけておるまい」

その通りかもしれぬ、と直之進は思った。すぐに口を開いた。

「新しい税への不満が渦巻き、江戸に無宿人が増えて治安がさらに悪化したところに、もし天変地異が起きたら——」

「とどめを刺されるも同然だな」

眉根を寄せて佐之助がいった。

「もし天変地異が起きれば、江戸の民衆は一気に暴徒と化すのではないだろうか」

　直之進は佐之助に向かっていった。佐之助がうなずく。

「公儀は民衆を民草《たみくさ》と侮《あなど》っておるのだろうが、海を挟んだ唐土《もろこし》では、民衆の起こした乱こそが常に王朝を倒してきたという。それは、おそらくこの国でも変わらぬ。民衆の一斉蜂起《ほうき》の先に待っておるのは、公儀の転覆だな」

　厳しい表情の佐之助が結論づけた。

「撫養という男は、とんでもないことを考えているのですね」

　瞳に怒りの炎を立ちのぼらせて富士太郎がいった。

「撫養知之丞は、人々の平穏で幸せな暮らしを壊そうとしているのですね。許せません」

「公儀が民衆のための政《まつりごと》を行っているかというと、疑問でしかないが、俺も元は御家人だ。しかも、千代田城のあるじの命を救ったこともある。撫養に公儀を潰させるわけにはいかぬ。やつの暴挙はなんとしても止めなければな。俺は必ず撫養知之丞を引っ捕らえてみせる」

　佐之助はめずらしく熱くなっている。直之進は胸に響くものを感じた。

「それがしも撫養の捕縛に全力を尽くします」

　凜《りん》とした声を富士太郎が放つ。

「樺山ほどの男がその気になってくれたら、頼もしいことこの上ない」

「倉田さん、うれしいお言葉です。では、これからさっそく撫養の探索に出かけようと思います」

長脇差を手に富士太郎が立ち上がった。

これまでずっと一言も挟まずにいた珠吉も、富士太郎にならう。いかにも意気込んでいるようで、目に力強い光が宿っていた。

「ああ、そうだ。樺山、忘れぬうちにこれを渡しておく」

佐之助が懐から取り出したのは、一枚の紙だった。

受け取った富士太郎が目を落とす。

「これは――」

「撫養知之丞の人相書だ。持っておれば、きっと役に立とう」

「ありがとうございます」

富士太郎が丁寧に礼をいって人相書をしまった直後、失礼します、と外から声がかかり、腰高障子が横に滑った。

一礼して、おきくとおれんが入ってきた。二人は箱膳を捧げ持っている。

「あっ、樺山さま、お帰りですか」

びっくりしたようにおきくがたずねる。

「遅くなってしまいましたが、朝餉をお持ちいたしました」

「いえ、それがしは屋敷ですませてきたので、けっこうですよ」

富士太郎が少しすまなそうにいった。

「実はあっしもなんですよ」

背をかがめて珠吉が声をそろえる。

「ああ、さようでしたか」

「すみません。つくってもらう前にいっておけばよかったですね。まことに申し訳ありません」

「いえ、謝られるようなことではありませんよ。樺山さま、珠吉さん、どうかお気になさらずに」

おきくがにっこりと笑う。富士太郎がおきくの持つ箱膳に目を当てる。

「それにしても、豪勢でおいしそうですね。これほどの食事、是非とも食べていきたいけれど、おなかに入りそうにありません」

すみません、というようにおきくとおれんに頭を下げた富士太郎が、琢ノ介の枕元に静かに座り直した。

じっと琢ノ介の顔を見る。なにやら心で語りかけているような風情だ。

やがて、気がすんだように富士太郎が立った。決意の色が表情にみなぎっている。

「では、それがしは失礼いたします」

別れを告げて富士太郎が出ていく。その後ろを珠吉が続く。

直之進たちは見送りに出た。直太郎をおんぶしているおきくとおれんも一緒である。

「では、これより探索に取りかかります」

直之進たちに丁重に辞儀してから、富士太郎と珠吉が米田屋を出て往来に立った。

ひどい湿気に包み込まれたのを、直之進は感じた。日が高くなるにつれ、蒸し暑さが増してきているようだ。

「富士太郎さん、最初にどこへ行こうと思っているのか、聞かせてくれぬか」

歩き出そうとした富士太郎を呼び止め、直之進はたずねた。

「まずは小伝馬町《こでんまちょう》の牢屋敷に行こうと思っています。人に会うつもりです」

富士太郎の言葉を聞き、直之進は思いを巡らせた。

「会うのは、おさんという女か」

坂巻十蔵という定廻り同心を、簪《かんざし》で刺し殺した女である。

「さようです」

さすがだなという顔を富士太郎がし、微笑を浮かべる。

おさんは別れ話のもつれから十蔵を殺したとのことだが、撫養に操られて凶行に至ったということは、十分に考えられるのだ。

もしそうならば、おさんは撫養となんらかの交わりがあったはずだ、と富士太郎は思案しているのであろう。

「富士太郎さんの考えはよくわかった」

直之進は、若いが辣腕の同心をまっすぐ見つめた。富士太郎が照れたように身をくねらせる。

その仕草は以前、直之進を慕っていた富士太郎そのもので、そこにいた者全員が目をみはることになった。

しかし、富士太郎も妻の智代《ともよ》とのあいだにじきに子が生まれるのだ。直之進を好きだったことなど、とうに忘れているのではあるまいか。

これはきっと、と直之進は思った。昔の癖が出たにすぎぬのだ。

直之進は富士太郎にそっと近づいた。

「実は、この店を見張っている者がいた。おそらく撫養の手の者だろう。富士太郎さん、身辺に気をつけてくれ」

おきくたちに心配をかけたくなく、その耳に届かない声でささやきかける。

「わかりました」

富士太郎の表情がきりっと引き締まる。

「では、行ってまいります」

会釈をして富士太郎が歩きはじめた。

失礼いたしやす、とこうべを垂れた珠吉が素早く富士太郎の前に出る。富士太郎の露払《つゆはら》いを任じたような動きだ。

足早に遠ざかっていく二人を見送って直之進たちは、琢ノ介の眠る部屋に戻った。

直之進は、急いで支度せねばならぬ、と考えた。富士太郎のあとを追わなければならないのだ。

といっても、いま直之進がなすべきことは琢ノ介の様子を見ることと、おきくと直太郎に別れを告げることだ。

「おっ」

箱膳が二つ、畳に置かれているのが目に飛び込んできた。

「倉田さまとあなたさまの分です」

笑みを浮かべて、おきくが告げる。

「俺は、今から富士太郎さんの警護につくつもりでいるのだが——」

「えっ、そうなのですか」

おきくが驚いて直之進を見る。

立ったまま佐之助は箱膳を見つめている。

「樺山のいう通り、実にうまそうだ」

佐之助にいわれるまでもなく、直之進も目を奪われかけていた。

ほかほかのご飯が湯気を上げている。主菜は鯵《あじ》の干物に卵焼きという豪華さだ。

あとは納豆に梅干し、たくあん、豆腐の味噌汁である。

味噌汁は、直之進が大好きな白味噌だ。

直之進と佐之助は、朝餉を食べずに秀士館を出てきた。

箱膳を目の当たりにして、直之進は急に空腹を覚えた。口中に唾《つば》が湧いてきている。

しかし直之進は、食べたいとの気持ちを押し殺した。

「もし富士太郎さんが襲われたらと思うと、気が気でない。今日のところは残念だが……」

「そうだな。せっかくつくってもらったが、あきらめるしかあるまい」

「いや、倉田、おぬしは食べていけ。おぬしはすぐにこの家を出る必要はないのだから」

秀士館から米田屋への道のりの最中、直之進と佐之助は話し合い、互いの役目を割り振っていた。

直之進は富士太郎の警護につき、佐之助は撫養の探索に当たることに決めたのである。

「おぬしが食べぬのに、俺一人が食べられるわけがない」

佐之助の性格からして、それはそうだろうな、と直之進は思った。

「ならば、急いで食べて、俺は富士太郎さんを追うことにする」

「湯瀬、大丈夫か」

案じて佐之助がきく。

「どのみち、どこかで飯は食わねばならぬ。先ほど富士太郎さんには、身辺に注意するようにいっておいた。よし、大急ぎで朝餉を腹におさめることにしよう」

米田屋を見張っていた二人のことは気になるが、さして剣の腕はなさそうな者だった。あの二人が仮に襲ってきても、富士太郎ならば悠々と撃退するだろう。珠吉もそばについている。

米田屋界隈《かいわい》に例の邪悪な三人田の気配もなかった。もし邪悪な三人田を持つ刺客が近くにいれば、こちらの三人田が必ずなんらかの反応を見せるはずだ。箱膳の前に座し、直之進は箸《はし》を手に取った。

「いただきます」

直之進は味噌汁の椀を引き寄せた。

味噌汁のほんのりとした甘みが体にしみる。

ご飯も、のみ込むのが惜しいほどうまいが、そんな悠長な真似はしていられない。

直之進が食べるのを見て佐之助も座った。箸を持ち、食しはじめる。

おきくたちが供してくれた朝餉は心が震えるほど美味で、直之進は体に力がみなぎってくるのをはっきりと感じた。

これからの探索が必ずやうまくいくであろうことを、直之進に確信させるほどの素晴らしさだった。

三

せせら笑っている。

結局は、この程度のものしか書けなかったのですな。

こんなものだと。冗談じゃない。これを書き上げるのに、どれだけ苦労したと思っているんだ。

憤《いきどお》った撫養知之丞は、怒気とともに激しくいい返した。

ふん、と富束屋御津兵衛《ふたばやみつべえ》が馬鹿にしたような目で見る。

草稿がおもしろいかおもしろくないか、大切なのはその一事ですよ。戯作者の苦労なんぞ、読み手には一切関係ありません。そんなものは、鼻くそも同然ですよ。

俺の草稿が鼻くそだというのか。

知之丞の手がぶるぶると震える。

ええ、目くそでも構いませんがね。せっかく持ってきていただきましたが、相変わらずの駄作としかいえません。戸鳴《となる》さん、戯作者を目指すなど、向後《こうご》二度と、冗談でもいってほしくありませんな。

戸鳴鳴雄《なるお》というのが知之丞の戯作者としての筆名だが、故郷阿波の鳴門《なると》にちなんでつけたものだ。

知之丞はこの上なく気に入っているが、この大切な筆名すらも、御津兵衛に侮《ぶ》蔑《べっ》されたような気持ちになった。

きさま、ぶっ殺してやる。

頭に血がのぼった知之丞は、御津兵衛に飛びかかった。

だが、姿勢よく端座していた御津兵衛が思いのほかに素早く動き、知之丞をさっとかわした。それだけでなく、このたわけ者めっ、と叫ぶや、拳で殴りかかってきたのだ。

がつっ、という音が耳に届き、知之丞の額に鋭い痛みが走った。

「痛えっ」

はっ、として知之丞は目を覚ました。

——いったいなにがあったのだ。

いつの間にか、畳の上に横になっていた。顔のすぐそばに文机《ふづくえ》が鎮座しており、その角に思いきり頭をぶつけたようだ。

「くそう、妙な夢を見ちまった……」

文机に頭をぶつけないように起き上がり、知之丞は額を撫でさすった。

かたわらで淡い光を放つ行灯《あんどん》が、じじ、と音を発し、炎がゆらりと揺れた。

行灯に笑われたような気がした。

――まったくなんと情けない。天下覆滅を狙う組の頭というのに、なんたるざまか。

首筋にひどく汗をかいている。

部屋の中はじっとりとしており、しとしとと降る雨のように大気が体にまとわりついてくる。

気持ちを入れ直すように息をつき、知之丞は座布団の上に座り直した。

文机に、書きかけの草稿がのっている。

――そうであったな。

富束屋に読ませるための戯作を、夜を徹して書こうとしていたのだ。それなのに眠気に勝てず、文机に突っ伏して眠りはじめたのである。

それが、いつしか文机からずり落ち、畳で眠りこけていたのだろう。富束屋の夢を見て急に起き上がったから、額をしたたかに文机で打つという仕儀になったのである。

知之丞は、そんな自分がいまいましくてならない。額の痛みはすでに去ろうしている。こぶもできていないが、腹立たしさは消えようとしない。

その怒りを御津兵衛にぶつける。

――富束屋め、うつつだけでなく夢の中でも俺を苛《さいな》みやがる。だが、必ず見返してやるからな。待っておれ。

それには、文句のつけようがない草稿を書くしかない。構想はすでに練ってある。あとは書き上げるだけだ。

よしやるぞ、と自らに気合を入れて筆をとった知之丞は、硯《すずり》に目をやった。ほとんど墨は残っておらず、硯は乾いている。

この様子ではけっこう寝ていたのかもしれない。うたた寝程度などではなかったのか。

――やはり俺は、疲れがたまっておるようだな。

天下を我が物にするというはかりごとを巡らしている以上、全身にのしかかるような疲れを覚えるのは仕方のないことだろう。神経がぼろ布のように疲弊するのは当然のことだ。それに打ち克ってこそ、撫養知之丞という男の値打ちを見せられるにちがいない。

いま何刻なのか気にかかり、知之丞は立ち上がった。襖《ふすま》を開け、暗い廊下に出た。雨戸を少しだけ横に滑らせ、庭を見る。湿って粘りけを帯びた風が、霧のように淀みながら入り込んできた。深く沈み込むような闇があたりを覆い尽くしているのかと思っていたのだが、すでに明るくなっていた。眼前に広がっている庭の景色は緑が濃く、まぶしいくらいだ。

——ふむ、どうやら五つという頃合か。

そう思ったら、不意に時の鐘の音が聞こえてきた。耳を澄ませていると、三つの捨て鐘のあと、五度、鐘は打ち鳴らされた。

——やはり五つだったか。

勘が当たったことに、知之丞は少しだけ満足した。

——ふむ、とうに夜は明けておったか。しかし、正午まではまだたっぷりと時があるな。午前のうちが、最も仕事が進むからな。よし、あのようなつまらぬ夢に惑わされることなく戯作に取り組み、畏れ入りました、と富東屋を低頭させられるような草稿を書き上げねばならぬ。

腹に力を込めて決意した知之丞は、雨戸を開け放った。

だが、なんとなく文机に向かうのが億劫《おっくう》になってきている。

なにしろ、戯作を書くというのは、地道で辛いものなのだ。心力だけでなく、体力も必要とする。

しかも、と知之丞は思った。これからたっぷりと墨をすらなければならぬのだ。面倒としかいいようがない。

どうしようもなく気持ちが萎《な》えてきた。

会心の出来に仕上げるのに、このありさまでは無理だ。もっと精神が研ぎ澄まされているときでなければならぬ。

実際、知之丞には戯作を書き上げることに対して怖さもあった。

もし富東屋御津兵衛に次の草稿が認められなければ、戯作者になるのを、本当にあきらめなければならないのである。

だが江戸にある版元は富東屋だけではない。斗隈屋《とくまや》をはじめとして、ほかの版元にでき上がった草稿を持っていけば、俺の才を認める者がおるのではないか。

そのほうが戯作者としての道が、意外にたやすく開けるのではあるまいか。いつも辛辣な言葉しか吐かない富東屋など見捨ててやれ、という気に知之丞はなった。

いや、駄目だ。

すぐさま首を振った。

そんなのは逃げでしかない。富束屋が認めてこそ、江戸で通用する戯作者になれるのだ。富束屋が俺の才にひれ伏さぬ限り、引く手あまたの人気戯作者には決してなれぬ。

戯作を書き上げるのに、まさに死力を尽くさねばならない。

だが、今はどうしてもやる気が起きない。文机の前に座り、筆をとるだけの気力が湧いてこない。

眠気はまったく感じないが、筆をとる気になれないのだ。

——今の俺は、ほかにしたいことがあるのだろうか。

すぐに答えは出た。体を動かしたい。昨日からずっと文机の前に座ったきりだったのだ。

刀を振るのがよいのではないか、と知之丞は思った。

刀を存分に振れば、きっと心の疲れも癒やされよう。

見えない力に引かれるように部屋に戻った知之丞は刀架《とうか》の前に立ち、一本の太刀を見下ろした。

まことに神々しいな。

それ以外の言葉が見当たらない。平安の昔を思わせる拵《こしら》えもすばらしいが、鞘《さや》におさまっている刀身自体が光を放っているのか、まばゆささえ感じられるのである。

刀の放つ威《い》に打たれたかのように、知之丞は身じろぎ一つできない。

さすがは三人田よ。よし、三人田に力をもらうとするか。

呪縛を解き放つようにして右腕を伸ばし、知之丞は三人田を手にした。

途端に、雷電《らいでん》を受けたかのように全身にしびれが走った。

むう、やはりすごい。

これほどの力を持つ刀は、天下に二振りとないのではないか。

だが、実際には二振りあるのだ。信じがたいが、紛れもないことなのである。

三人田は双子の刀なのだ。駿州の刀工だった藤原勝丸が、反《そ》りも長さも刃文も瓜二つの刀を、全身全霊を込めて打ったのである。

一振りは正義を司り、もう一振りは邪悪さを担っていると、今この家に人質として監禁している鎌幸はいっていた。

なぜ藤原勝丸は、邪悪な気を持つ三人田を打ったのか。二振りとも正義の剣でよかったのではないのか。

なにゆえそんな真似をしたのか。

天賦の才を持つ刀工は、気まぐれな者が多いのだろう。藤原勝丸には、さしたる考えもなかったのではあるまいか。

とにかくこの世に、三人田は二振りある。我が撫養家伝来の三人田は、鎌幸によれば、邪悪なほうのものだという。

奸悪な幕府を転覆させ、これからまさに正義を行おうとしている俺の佩刀《はいとう》が邪悪というのは、なんとも受け容れがたい。撫養家の三人田こそが、正義を司るものではないのか。

知之丞としては、そう思いたかった。

なにゆえ藤原勝丸が正義と邪悪な二振りを鍛刀したのか、意図はわからぬが、いずれにしろ、三人田がこの世に二振りあるというなら、もう一刀をなんとしても手に入れねばならぬ。

その思いは今も変わらない。必ず湯瀬直之進から奪うつもりでいる。たった二振りしかない三人田のうちの一振りを、他者が所持しているなど我慢できぬ。

三人田は二振りとも、この俺のもとにあるべきだ。それをきっと三人田も望んでおろう。

その上、三人田が二振りそろうと、どうやら前代未聞のことが起きるらしいのだ。

それがどんなものなのか、知之丞は知らないが、なんとなく見当はついている。

誰もが経験したことのない天変地異が起きるのではないか。

それを契機として、苛政《かせい》に大いなる不満を募らせていた草莽《そうもう》の士が、全国各地で蜂起するはずなのだ。

民衆が一気に立ち上がれば、この日《ひ》の本《もと》の国は混乱し、収拾がつかなくなるにちがいない。混沌とし、統制が利かない中、幕府を倒そうという大名も一人や二人、あらわれ出るのではないだろうか。

この俺がその後押しをしてやれば、幕府を一気に崩壊まで導いていける。

知之丞の胸はふくらむばかりだ。

三人田を二振りとも手に入れることができれば、幕府を転覆させることができるのだ。その後、天下は俺のものとなろう。俺は万民を救う者として、世に出ることになるのだ。

大勢の者が手を振り、歓呼の声で迎えるのが目に見えるようだ。一刻も早くそのときがやってこぬかと、知之丞は待ち遠しくてならない。

二振りの三人田は、この俺を源頼朝や足利尊氏、徳川家康と肩を並べさせてくれるというわけだ。

幕府を開いた三人はいずれも源氏である。撫養家も源氏の末裔だ。源家《げんけ》の血を引くこの俺が天下人となる。なんの不思議もなかろう。いや、源氏である以上、天下を統《す》べるのが当然ではないか。

この国に住む者たちは、侍だろうと富裕な商人だろうと、そして辣腕の版元だろうと、すべての者がこの俺の支配下に入ることになる。この俺の言葉を、神のものとして聞くことになるのだ。

血がたぎってじっとしていられず、知之丞は三人田を腰に帯びて部屋を出た。暗い廊下を突っ切り、雨戸を再び開ける。

もし俺が、時好《じこう》に投ずるほどの売れっ子戯作者になれたら、幕府覆滅を勘弁してやってもよいがな。

沓脱石にのっている雪駄を履き、知之丞は庭に下りた。

太陽の姿はほとんど見えず、どんよりとした雲が空を厚く覆っている。

おや。

東の空の低いところが、赤く見えるのだ。まるで、あのあたりで火事が起き、空が焼けているかのようである。

——この前も見たばかりだが、あのときは夜だった。それにしても、あれはいったいなんなのか。

朝焼けというには、もう刻限が遅すぎていよう。あれは、やはり天変地異の前触れだろう。それしか考えられない。

幕府覆滅の秋《とき》が近いことを、天が俺に伝えようとしているにちがいない。

十歩ばかり歩いて、知之丞は庭の真ん中に立った。ちらりと東の空に目をやる。今も赤いままだ。

腰を落とし、知之丞は三人田の柄《つか》を握った。三人田を音もなく引き抜き、正眼に構えてみたものの、すぐに首をひねった。なんとなく気分が乗らない。

ちと鎌幸の顔を見てみるとするか。そのほうがずっと楽しそうではないか。

実際には体がだるくてならず、三人田が重く感じられてならなかったのだが、そのことを知之丞は認めたくなかった。

三人田を鞘におさめ、知之丞はいったん自室に戻った。三人田を刀架にかけ、文机の引出しをあけて中から鍵を取り出す。

鍵を手に再び庭に下りる。じっとりと重く滞《とどこお》る大気を突き破るようにして庭を進み、右手に立つ一本の老欅《ろうきょ》を目指した。

老欅の陰に隠れるようにして、一軒の小屋が建っている。小屋の背後は深い茂みになっており、日中でもあたりにほとんど陽射しは入らない。

二畳ばかりの土間以外は、板敷きの六畳間しかない小屋である。

すり切れた丸い敷石を踏んで、知之丞は小屋に近づいた。戸口に立ち、鍵を使って錠を外す。

ひどく重い戸を、音を立てて開ける。朝だというのに、中は黒漆《くろうるし》を塗り込んだように暗い。明かりは一つも灯されておらず、ここだけまだ夜が居座っているかのようだ。

糞尿のにおいが鼻を打つ。前に監禁していた屋敷でもそうだったが、鎌幸はここでもおまるのような便器を与えられている。それで適当に用を済ませているのだ。

「鎌幸、生きておるか」

土間に足を踏み入れ、重い戸を力任せに閉めた知之丞は声をかけた。

もっとも、夜目《よめ》が利くから、鎌幸がどのあたりにいるか、とうにわかっている。

「当たり前だ。こんなところでくたばってたまるものか」

六畳間の左奥から威勢のいい声がした。その声とは裏腹に、のそのそと亀のような動きで鎌幸が這い出てきた。

鎌幸に縛《いまし》めはしていない。その必要はないのだ。

この小屋は人を監禁するためにつくられており、天井や床、壁には厚みのある板が用いられ、堅固なつくりとなっている。

梁《はり》も柱も頑丈そのものである。滅多なことで破られる気遣いはない。

知之丞に向かって、鎌幸が近づいてきた。板の間の縁《へり》で立ち上がり、知之丞を見下ろす。

ぷーん、と汗ばんで饐《す》えたようなにおいが知之丞の鼻先をかすめていく。

暑さが増していくこの時季に、この男はいったい何日、風呂に入っていないのか。鼻がひん曲がりそうだ。

「一人か」

外をうかがうような目をして鎌幸がきいてきた。

顔を上げ、知之丞は鎌幸を見返した。

「そうだ。気になるか」

「気になるに決まっておろう」

知之丞は懐から鉄製の耳かきのような物を取り出した。それで耳をかいた。

鎌幸がそれを見てせがんだ。

「俺にも貸してくれ」

「駄目だ」

「耳がかゆくてならんのだ」

「指でかけ」

「耳かきのほうがよいに決まっておろう」

「これは耳かきではない」

「では、なんだ」

「なんでもよかろう」

知之丞は懐にしまい入れた。

「まったくけちな男だな」

鎌幸、と知之丞は呼びかけた。

「俺が一人でやってきたなら、隙を見て倒せると思うておるのか」

「隙など関係ない。あっという間に倒してみせるわ」

それを聞き、ふふん、と知之丞は小さく笑った。

「相変わらず口だけは達者だな。鎌幸、元気そうでなによりだ」

実際に、鎌幸の顔色は垢《あか》に覆われて土色にはなっているものの、さしてつややかさを失ってはいないのだ。顔色だけ見れば、監禁されて自由を奪われている者には、とても見えない。

「なにしろここの食事がうまいからな」

微笑を浮かべて鎌幸がいった。

「うまい物ばかり食べ続けていると、太ってしまうわ」

なにをいっておるのだ、と知之丞はあきれた。滋養となり得る食事など、鎌幸に与えていない。

日に一度、数切れの漬物と盛り切りの臭い飯をやっているだけだ。あとは、たった一杯の水のみである。

胃の腑に送り込まれるのがこれだけでは、さすがに空腹は耐えがたいはずなのに、鎌幸は平然としている。

別に虚勢を張っているわけではなさそうだ。背筋はぴんと伸び、目は炯々《けいけい》と輝いているのである。いかにも元気一杯という風情だ。

人というのは飢えに見舞われると、目だけがぎらぎらし出すというが、鎌幸はそういうわけではなさそうだ。

どこか飄々《ひょうひょう》とし、自分に訪れた運命を泰然と受け容れているように見受けられる。もともと体が丈夫にできており、それに、見かけ以上に胆力もあるのだろう。

この男は、もうずいぶん長いあいだ監禁され続けているのに、気骨をまったく失っておらぬ。

鎌幸をかどわかす前に知之丞はその背景を調べてみたが、どうやら風魔忍びの末裔らしかった。

鎌幸を初めて目の当たりにしたとき、ひょろりとした、どこか小ずるそうな顔をした男でしかなく、戦国の昔、風魔の頭目《とうもく》として名を知られた小太郎《こたろう》の血を引いているとは、とても思えなかった。小太郎は巨軀《きょく》で怪異な容貌だったらしいのだ。

だが、こうして困難にもまるでへこたれない強さを見せつけられると、風魔の末裔として、忍びの技や心得を確かに継承しているように思える。

撫養家も忍びの家筋で、戦国の頃の技を今も受け継いでいる。

風魔の末裔ということで知之丞は細心の注意を払って鎌幸に襲いかかったのだが、結局、手もなくかどわかしを成し遂げた。風魔よりも撫養家の技のほうがはるかに上ということが、証されたのである。

それでも、粗食や長きにわたる監禁にめげることなく、鎌幸が平然としていられるのは、忍びとしての鍛錬がものをいっているからにちがいない。

「鎌幸、おぬしは大したものだな」

心の底から知之丞はほめた。

「俺が立派だというのか」

不思議なことを聞いたというように、鎌幸が首をかしげる。

「鎌幸、いったいどこからその心力は湧いてくるのだ」

ふふん、と鎌幸が鼻で笑った。

「きさまにいつか必ず仕返ししてやるという思いだ。それしかない」

鎌幸の馬鹿にしたような笑いは、夢の中の富束屋御津兵衛を知之丞に思い起こさせた。腹が煮えたが、その気持ちを面《おもて》にあらわさないようにつとめた。

ふと見ると、鎌幸が、憎しみのこもった眼差しをぶつけてきていた。

知之丞は落ち着き払ってそれを受け止めた。

「鎌幸、どうかしたのか」

「どうかしたかだと。俺をこのような目に遭わせたきさまが、憎くてならぬに決まっておろう」

——ふむ、俺の顔を見ているうちに、憎悪が心の泉からあふれ出したということか。

「そうか、俺が憎くてならぬか」

知之丞は嘲笑とともに鎌幸を見た。

「憎悪というものを心に抱いていれば、飲まず食わずでも人は生きていけるものらしい」

「確かにそういうものかもしれぬが、俺の場合は鍛錬の賜《たまもの》に決まっておるではないか」

「さぞかし鍛錬はきつかったであろう」

　実感を込めて知之丞はいった。

「なに、大したことはなかったさ」

「そうか。その程度の鍛錬しかしておらぬゆえ、おぬしは捕らわれたのだ」

　鎌幸が、むっとした顔を見せた。

「不意を衝《つ》かれたからだ。逆の立場になれば俺は勝っていた」

「そんなのは、いいわけに過ぎぬ。不意を衝かれたからといって、あっさり気絶させられるなど、忍びにあるまじきことといってよい」

　悔しげに鎌幸がうつむいた。すぐに顔を上げて知之丞を見る。おい、と張りのある声で呼びかけてきた。

「そろそろ、きさまの本当の名を教えてくれてもよいのではないか」

「なんだ、まだいってなかったか」

　知之丞自身、意外だった。すぐさま名を伝えた。

「ほう、きさまは撫養知之丞というのか」

　顔を寄せて、鎌幸が知之丞をまじまじと見る。気づいたように土間に降りてきた。背の高さは知之丞と似たようなものだ。

「撫養というのは、ずいぶんと珍しい姓だな。だが、俺には聞き覚えがあるぞ」

「ほう、どこで聞いた」

「俺は刀の買いつけで諸国を巡っておるが、珍しい姓というのは心に残るものだ。撫養という姓を聞いたのは、確か讃岐《さぬき》国か阿波国だったはずだ」

「撫養という姓は、おぬしのいうようにその二国に多いらしいな。俺は阿波国の出よ」

「やはりそうか」

納得したように鎌幸がうなずいた。

「撫養家というのは忍びの血筋なのだな」

「ほかの撫養は知らぬが、我が家《いえ》は忍びの家だった。ゆえにおぬしをかどわかす際、俺は存分に忍びの技を用いるつもりでおった。だがその必要すらなかったがな」

怒りをたぎらせた目を、鎌幸が知之丞に据えてくる。

「撫養とやら、なにゆえ俺を殺さぬ。俺を生かしておけば、必ずききさまを殺すことになるのだぞ」

その物言いがおかしくてならず、知之丞は笑みをこぼした。

「なにを笑っておる」

苛立たしげに鎌幸がただす。

笑いを顔に貼りつけたまま知之丞は告げた。

「おぬしに、俺を殺《や》れるはずがないからだ。忍びの業前《わざまえ》は比べものにならぬ。おぬし程度の腕で俺を殺るなど、天地がひっくり返っても無理だな」

くうっ、と鎌幸が唇を噛む。すぐさま一気に言葉を吐き出した。

「きさまは、我が嘉座間神社伝来の太刀である三人田を手に入れたくてならなかった。だが、すぐに三人田が俺の家にないことを知った。きさまは、誰が三人田を預かっているのか知るためにわざわざ俺をかどわかし、拷問にまでかけた。俺は拷問に負けることはなく、預け先を白状しなかった。しかし、今や誰が三人田を所持しておるか、その答えはもう出ているはずだ。そうである以上、もはや俺を生かしておく必要はなかろう」

ようやく鎌幸の長広舌《ちょうこうぜつ》が終わった。

「ああ、三人田は湯瀬直之進が持っておる」

「だが、きさまは湯瀬から三人田を奪えてはおらぬ。そうであろう」

「確かに、まだやつから三人田を取り上げてはおらぬ」

もう一振りの三人田をまだ手に入れていないことは、腹立たしくてならない。

怒りの炎が腹の底で立ち上がったのを知之丞は感じたが、すぐさまおのれを抑えた。怒っていいことなどないのだ。

――必ずおのがものにしてみせる。

その決意だけは岩のように固い。

「撫養とやら――」

鎌幸が声をかけてきた。

「湯瀬を何度襲ったところで無駄なことだ。きさまに三人田を奪うことはできぬ」

「奪ってみせるさ」

力むことなく知之丞はいった。

「ならば、とことんやってみるがいい。しかし、まちがいなく湯瀬に返り討ちにされるであろうな。俺がきさまを殺さずとも、湯瀬が殺ってくれよう」

「なに、湯瀬直之進は俺が倒す」

それを聞いて、鎌幸が笑みをたたえて知之丞を見る。きさまごときに殺れるわけがない、とその表情が物語っていた。

その顔が憎々しげで、知之丞はまたしても腹が煮えたが、悠然たる態度を保つことに専心した。

「湯瀬を倒す手立てでもあるのか」

探るような目で鎌幸がきいてきた。

「あるさ」

「自信たっぷりだな。どのような手立てを取るつもりだ」

「知ってどうする。おぬしには、湯瀬に知らせる手段はなかろう」

「なら、教えてくれてもよかろう」

「いや、その気はない」

「ふん、はなから手立てなど、ないのだろう」

「俺を怒らせてしゃべらせようとしても、無駄だ。すでに準備は整いつつあるのだ。とにかく、必ずや湯瀬をあの世に送ってみせる。二振りの三人田を手に俺はここに戻ってくる。それが湯瀬を倒したなによりの証拠となろう」

「その前に湯瀬がここを突き止め、踏み込むに決まっておる」

――確かにあの男なら、そういうことがあるかもしれぬ。用心するに越したことはない。

不意に鎌幸が咳き込んだ。

「おっ、大丈夫か」

知之丞は気遣う振りをし、鎌幸をのぞき込んだ。その瞬間、鎌幸が飛びかかってきた。

知之丞に油断はなかった。鎌幸の手を払いのけるや、拳を腹に叩き込んだのだ。手応えは十分過ぎるほどだった。

ううっ、とうめき声を上げて鎌幸が前かがみになる。

息ができなくなっているのだろう。鎌幸の両膝が土間につきそうになったが、なんとかこらえたようだ。

ふう、と大きく息をついて鎌幸が背筋を伸ばした。

「ああ、効いた」

なにごともなかったような顔で、鎌幸がしれっと知之丞を見た。

「撫養とやら、なにゆえだ」

唐突にきかれ、知之丞はその問いの意味を一瞬、考えた。

「なにゆえおぬしを殺さぬのか、ということか。——おぬしには、まだ使い道があるからだ」

「使い道だと」

鎌幸の顔が険しくなる。

「そうだ、使い道だ。俺は、湯瀬が持っている三人田とおぬしを交換できるのではないかと思うておる」

「俺を三人田の身《み》の代《しろ》にするというのか」

「そういうことだ。おぬしの命を救うために、必ずや湯瀬は交換に応ずるであろう」

「さて、どうかな」

口元をゆがめて鎌幸が疑問を呈した。

「湯瀬直之進は一見、誠実で温かみのある男に見えるが、あれでなかなか冷酷でな。平然と人を見捨てるし、ためらいなく殺しもしてのける。俺は幼い頃からやつを知っておるから、その非情さはよくわかっておる」

「湯瀬直之進が冷酷非情か。そいつは初耳だな。やつのどんなところが冷酷だというのだ」

そうさな、といって鎌幸が考え込む。すぐに口を開いた。

「俺の故郷である駿州沼里城下を、狩場川《かりばがわ》という大河が突っ切っておる。知っておるか」

「知らぬ。続けろ」

「沼里家中では、狩場川の淵を利用して水練の場としておるが、夏の盛りには若い侍どもが暑さしのぎによく泳いでおった」

「うむ、そういうこともあろうな」

知之丞は相槌を打った。

「俺が十代半ばの頃だ。湯瀬と一緒に泳いでおった友垣《ともがき》が淵から狩場川の流れに出てしまい、深みに引きずり込まれて溺れたことがある。湯瀬はすぐそばにおり、しかも泳ぎを得手《えて》にしていたにもかかわらず、友垣を助けなかったのだ」

「見殺しにしたというのか」

「その友垣は幸いにも別の者が助けたゆえ事なきを得たのだが、湯瀬は手を差し伸べることで深みに引きずり込まれることを恐れたのであろう。所詮《しょせん》、友垣よりもおのが身のほうが大事な男よ」

「鎌幸、それはまことの話か」

目を光らせて知之丞はきいた。知之丞をじっと見返してから鎌幸が答える。

「このようなことで嘘をついてもつまらぬ」

そういわれても、知之丞は半信半疑だった。

「流された友垣を助けなかったのは、湯瀬になにかしらのわけがあったからではないか」

ふっ、と鎌幸が小さく笑いを漏らす。

「撫養とやら、ずいぶん湯瀬をかばうではないか」

「別にかばっておるわけではない。友垣を見殺しにするというのが、湯瀬直之進という男にそぐわぬ気がするだけだ」

「もう一度いうが、あの男の性根は冷酷そのものだぞ」

「しかし、おぬしは湯瀬のことを信頼しておろう」

「表向きはな」

「うわべだけというのか」

「当然よ」

鎌幸を見つめて、知之丞はすぐさま問うた。

「ほかに、湯瀬直之進の冷酷さをあらわす事例はあるのか」

「もちろんあるぞ」

力んだように鎌幸が声を張り上げた。

「若い頃、俺は湯瀬と同じ道場に通っておった。それゆえ俺は目にすることになったのだが、湯瀬は稽古を望んできた男を半死半生の目に遭わせたことがあるのだ」

「竹刀《しない》で半殺しにしたというのか」

「そうだ。確かに小生意気な男ではあったが、いくらなんでもあれはやりすぎだった。湯瀬にやられた男は、半年ものあいだ寝込むことになったのだぞ」

「ほう、半年も床《とこ》を上げられなかったというのか。それはまたこっぴどくやったものよ」

「そうだろう。小生意気という理由だけで、強烈な突きをわざと胸に見舞ったのだ。あまりの打撃の強さに、あばらが何本も折れたらしい。――湯瀬の冷酷さをあらわす事例は、まだまだあるぞ」

鎌幸は調子に乗ってきたようだ。

「あれは、十五年ばかり前の春先のことだ。鮮やかな夕日が西の空を染めておったのを、俺ははっきりと覚えておる。道場からの帰り、湯瀬は一匹の猫が目の前を横切ろうとしたのを、いきなり抜き打ちに斬ったのだ」

「猫を殺したというのか」

「子猫だ。小さな首が宙を飛んでいきおった。俺は今も、その光景を忘れることができぬ。刀を鞘におさめて湯瀬は、いい稽古になったと、にこにこと笑んでおった。その顔を見て、俺はぞっとなった」

両肩を縮め、鎌幸がぶるりと体を震わせた。

「鎌幸、それは作り話ではないのか。いくらなんでも酷《むご》すぎよう」

「これも真実だ」

「湯瀬が本当にそのような男なら、つき合いを絶つしかなかったのではないか」

「絶ったに決まっておろう。俺は神社の跡取りだった。子猫のことがあってからは神社のことに専心し、道場には行かなくなった。それで湯瀬とのつき合いは自然に絶えた」

「だが、今はまたつき合うておるではないか」

「三人田のことで縁ができてしまったゆえ、仕方なくだ」

「縁ができただと。どのような縁だ」

「三十年前、三人田は俺の実家の神社から奪われたのだが、きさま、知っておるか」

「知るわけがない」

「それはそうだな。以来、俺は三人田の行方をずっと探していた。苦労の末、ついに三人田のありかを突き止めた俺は、神社から三人田を奪った下手人の屋敷に忍び込んだ。首尾よく三人田を盗み出した俺は屋敷の外に飛び降りたが、その路上に湯瀬が立っておったのだ」

「それはまた偶然よな」

「湯瀬は、その日の昼間、町なかで十年ぶりに俺を見かけたらしい。それから、ずっとあとをつけてきていたようなのだ」

「十年ぶりに会ったというのに、湯瀬は声をかけてこず、あとをつけたというのか」

「きっと、俺のそぶりに怪しさを感じたのだろう。とにかく、俺はその場で、なぜ三人田を盗み出すことになったか、その理由を説明する羽目《はめ》になった。それから、湯瀬とまたつき合いがはじまったのだ」

なんとなくだが辻褄《つじつま》は合っておるようだな、と知之丞は思った。

「だが、今からでもつき合いを絶つのは、さほど難しいことではあるまい」

「それが難儀なのだ。湯瀬という男は穏やかそうに見えるが、実はとんでもなく短気なのだ。その上、遣い手ゆえ、下手に怒らせては、いつ斬られるとも知れぬ。もし俺が黙って姿を消したら、激怒しよう。必ず湯瀬は俺の居どころを突き止めるはずだ。探索することに関しては、すぐれた能力を持っておるからな。今はおとなしくつき合うしか、俺には道がないのだ」

「ふむ、恐々《こわごわ》つき合っておるというのか」

顎をさすって知之丞は鎌幸に目を当てた。

「湯瀬直之進の冷酷さを並べ立ててきたが、結局、やつは三人田の交換に応じぬといいたいのだな」

「決して応じぬ」

歯を食いしばるような顔つきで、鎌幸が断言した。

「おぬしが取引を申し出ても、無視するであろう。俺のことなど平然と見捨てるはずだ。なにより湯瀬自身、三人田を我が物としたいはずだからな」

「ほう、やつも三人田を狙っておるのか。油断ならぬ」

「湯瀬の気持ちは、きさまならわかるであろう」

確かに、と知之丞は思った。侍なら、三人田ほどの名刀を、おのれの佩刀としたいと願うのは、自然の感情であろう。

知之丞の顔に強い眼差しを浴びせて、鎌幸が言葉を続ける。

「ついこないだのことだが、俺は刀の買いつけの旅から戻ったと、使いの者を湯瀬の住みかに走らせたのだ」

「住みかというと、秀士館だな」

「ほう、知っておったか」

「当たり前だ。鎌幸、先を続けろ」

ああ、と鎌幸が不機嫌そうな声で答える。

「にもかかわらず、湯瀬は三人田を返しに来なかったのだ。いろいろと理由をつけては、ぐずぐずと引き延ばしおった」

三人田と別れたくないという気持ちは、知之丞には、わかりすぎるほどわかる。

「自分のものにしたいとの気持ちが高じて、湯瀬にはもはや、三人田を返そうという気がないのだ。俺がかどわかされて、最も喜んでおるのは湯瀬だぞ。俺が殺されてしまえばいいと思っているにちがいない。そうなれば、三人田は晴れて自分のものだからな。湯瀬のような男を幼馴染《おさななじ》みだからと信用し、三人田を預けた俺が愚かだった」

「しかし鎌幸、湯瀬は行方知れずになったおぬしを今も必死に捜しておるではないか」

「芝居に過ぎぬ」

鎌幸が吐き捨てる。

「湯瀬は、俺が骸《むくろ》で見つかることを心のうちで願い、探索の振りをしておるにすぎぬ。いずれ俺の死骸を目の当たりにし、必死に鎌幸どのを捜したのですが、無念でなりませぬ、などと、しらっというに決まっておる。その後、どさくさに紛れて三人田を我が物にする気でおるのよ」

「俺には、湯瀬の探索が芝居だとはとても思えぬ」

目を光らせて、鎌幸が見つめる。知之丞は続けた。

「なにしろやつは、我らが根城としていた谷中片町《やなかかたまち》の屋敷に、おぬしを捜しにやってきたのだぞ。湯瀬は、我らが待ち構えているかもしれぬことを予感していたはずだ。にもかかわらず忍び込んできたのだ。湯瀬は、おぬしのために命を懸けたとしか思えぬ」

「湯瀬が忍び込んできたというのは、俺が座敷牢に監禁されていた屋敷のことだな」

「そうだ。おぬしがおまるを使っていたあの屋敷だ」

鎌幸がいやそうな顔をしたが、すぐに思い直したように目に輝きを宿した。

「なに、湯瀬があの屋敷に忍び込んだのは、俺が監禁されているか確かめるためではない。湯瀬の狙いは、おぬしの三人田だったのよ」

「俺の三人田を盗みに来たというのか」

「盗みに来たのか、あの屋敷に三人田があるか確かめに来たのかは正直わからぬが、三人田に狙いをしぼって、忍び込んだのはまちがいあるまい」

——こやつは必死になって、俺を言いくるめようとしておる。やはり嘘をついているのではあるまいか。ああ、こやつの話には矛盾《むじゅん》がある。

そのことに気づいた知之丞がにらみつけると、鎌幸が狼狽《ろうばい》気味に顔をそむけた。

——こやつ、これまでずっとはったりをかましておったのだな。すべてが偽りだ。

確信を抱いた知之丞は、鎌幸を見据えたまま語を継いだ。

「あの屋敷に忍び込んできたとき、湯瀬はまだ三人田が双子の刀であることは、知らなかったはずだ」

決めつけるようにいうと、一瞬、鎌幸の目が泳いだ。

それを知之丞は見逃さなかった。

鎌幸が弁解するようにあわてていう。

「いや、俺と同じで、書物で三人田のことを読んだことがあったのだろうよ」

「そんなことがあるはずがない」

一顧だにせず知之丞は否定した。

「三人田を所持していた俺も三人田に関する書物をさんざん読んだが、双子の剣であることを知らなかったのだ。これまで三人田のことをろくに知らなかった湯瀬が、いったいどうやったらそのようなことの書かれた書物にたどり着けるというのだ」

「俺がいろいろな本を貸したのだ」

「嘘だな。おぬしと湯瀬のつき合いはつい最近、再びはじまったばかりではないか。いろいろな本を貸したところで、湯瀬に全部を読めるだけの時はなかったはずだ」

詰まったように鎌幸が押し黙る。すぐに口を開けた。

「ああ、思い出した。俺が湯瀬に三人田が双子であることを話したのだ」

「それはいつのことだ」

「きさまにかどわかされる直前のことだ」

「それも嘘だな」

知之丞は決めつけた。

「おぬしは俺にかどわかされて初めて、三人田が双子という話が真実であることを知ったはずだ。それまでおぬしにとって、三人田が双子というのは噂話も同然に過ぎなかった。そのように曖昧《あいまい》なことを、わざわざ湯瀬に話すはずがない」

「噂話ほどおもしろいものは、ほかにないではないか。俺は本当に湯瀬に話したのだ」

鎌幸がいい張ったが、知之丞は本気にしなかった。

「もうよい。おぬしは、ずっと俺に嘘をついてきたのだな。どうしても俺に二振りの三人田をそろえさせたくないからだな」

「当たり前だ」

唾を飛ばして鎌幸がいい放った。

顔を軽くそむけて、知之丞はしぶきを避けた。鎌幸、と冷たい口調で呼びかける。

「ついに本音を吐いたか。三人田が二振りそろうと、いったいなにが起きるというのだ」

「知らぬ」

「本当に知らぬことはなかろう」

「知らぬのだ」

知之丞は腰の脇差《わきざし》に手を置いた。

「いわぬのなら、おぬしを殺す」

「俺を殺してしまったら、三人田との交換ができなくなるぞ」

「湯瀬は取引に応じぬのではないのか」

「もしかすると、応じるかもしれぬ」

その言葉を聞いて知之丞は苦笑した。

「やはり、いい加減な男としかいいようがないな。先ほどの湯瀬の冷酷さを示す話も、でたらめだな」

「ああ、その通りだ。湯瀬は篤実《とくじつ》そのものの男だ」

声を張って鎌幸がいった。

「おぬしは湯瀬の友垣なのか」

そんな鎌幸を冷ややかに見て、知之丞はきいた。

「そうだ。少なくとも俺はそう思っておる」

「真の友垣ならば、湯瀬は取引に応ずるであろうな」

「仮に友垣でなくとも、応じるに決まっておる。だが、きさまに二振りの三人田を与えるわけにはいかぬ。きさまはどうせ、よからぬことを企んでおるに相違あるまい。そのような男のもとに、二振りの三人田がそろったら、いったいどのような仕儀になるか」

それは知之丞自身、知りたくてならないことだ。

「鎌幸、二振りの三人田がそろうと、なにか大変なことが起きることだけは、知っておるようだな」

むう、と鎌幸が口をぎゅっと閉ざしつつ唸った。

「鎌幸、早くいえ。三人田が二振りそろうと、なにが起きるというのだ。いわねば本当に殺すぞ」

知之丞は脇差を引き抜いた。

小屋がつくる深い闇の中、刀身がぎらりと光を帯びた。知之丞の瞳の光を映じたのかもしれない。

抜き身を目の当たりにして、鎌幸がわずかにおびえたような表情になった。それでも、なにもいおうとしない。

「これでどうだ」

やおら踏み出すや、知之丞は脇差を鎌幸の喉頸《のどくび》に突きつけた。

声を漏らしはしなかったが、鎌幸の喉が、ひっというように動いた。

「どうも言い伝えがあるらしい」

口を少しだけ開け、鎌幸がようやくいった。

「言い伝えだと。それはどのようなものだ」

勢い込んで知之丞はきいた。

「ある書物で読んだのだが……」

「能書きはよい」

「わ、わかった」

目の下の脇差を見て、鎌幸が喉仏を動かした。

「二振りの三人田が両手に握られた瞬間、黒雲があらわれ、天を覆い尽くすのだそうだ」

「天を覆い尽くす黒雲だと」

あまり大したことはないのだな、と知之丞は少し落胆した。

「それからどうなる」

「黒雲が太陽を押し包んだあと、太陽が真っ二つに割れるそうだ」

「太陽が割れるだと」

頭の中で想像はできるものの、さすがに信じられることではない。

「太陽が割れて、それからは」

「そこまでは知らぬ。これは偽りではないぞ。まこと、その書物にはその後のことは記されておらなんだ」

二振りの三人田が、と知之丞は思った。天変地異を引き起こすことだけはまちがいなさそうだ。

――この俺の大願を成就させる鍵は、やはり二振りの三人田なのだ。

深くうなずいた知之丞は確信した。

――それにしても、太陽が割れるとは。

割れたあとのことを、知之丞は知りたくてならない。

代わりの太陽があらわれるのだろうか。それとも、この世は暗黒に包まれたままになるのか。

　――どんなことになろうとも、太陽が割れる瞬間を目にできるなど、これまで生きてきた甲斐があったというものよ。俺はなんという幸運の持ち主であろうか。


「おい、なにを笑っておるのだ」

　鎌幸にいわれ、知之丞は自分が頰をゆるめているのを知った。

「笑って悪いか」

「悪いことはないが、きさま、なにか薬を飲んでおるのではないのか」

　それを聞いて、知之丞はじろりと鎌幸をねめつけた。

「飲んでおるといったら、どうだというのだ」

「相当強い薬のようだな」

「なにゆえそう思う」

「おぬしの目が充血し、しかも妙な光をたたえておるからだ」

　なに、と知之丞は思った。目を閉じ、目蓋に触れてみた。

　別におかしなところは感じられない。

　ざっ、と土をにじるような音が耳に飛び込んできた。

　目を開けると、またも鎌幸が躍りかかろうとしていた。

右の脇腹に衝撃を感じた。鎌幸が左の拳で急所を打ってきたのだ。

知之丞は少しだけ痛みと苦しさを覚えたが、このくらい大したことはなかった。徹底して体を鍛えている上に、鎌幸にはこちらの呼吸を止められるほどの力は残っていないのだ。

鎌幸はさらに知之丞の襟首をつかみ、投げを打とうとした。

汗臭く饐えたにおいが全身を包み込み、知之丞は息が詰まりそうだった。怒りが一気に噴き出してきた。

「たわけがっ」

叫んで知之丞は鎌幸の顎を殴りつけた。

がつっ、と音がし、へなへなと鎌幸が腰から崩れていく。土間にぺたんと尻餅《しりもち》をついた。

鎌幸の瞳が左右に揺れている。顎を打たれると、こういうことはままあるのだ。

夢で富東屋御津兵衛に頭を殴られたが、知之丞は、その意趣返《いしゅがえ》しをしたような気分になった。

鎌幸はしばらく土間に座り込んでいたが、ようやく痛みが去ったか、よろよろと立ち上がった。それでも、膝がまだがくがくと震えている。

「思い知ったか」

哀れみの目で知之丞は鎌幸を見つめた。

「よいか、俺とおぬしでは腕がちがいすぎるのだ。何度やろうと、結果は同じよ。無駄なことでしかない」

歯を食いしばって鎌幸が見返してきた。気力は萎えていないのか、眼光の鋭さは失われていない。

「だが撫養とやら、俺はきさまの腹を拳で打ったぞ。もしあれが刃物だったら、きさまは死んでおったではないか」

「たわけたことをいうな」

軽く一喝したあと、知之丞は鎌幸を見つめてせせら笑った。

「おぬしに得物《えもの》がないのを見越して、打たせたに過ぎぬ。もしおぬしが得物を持っておったら、はなから打たせておらぬわ」

その言葉の意味が身にしみたのか、力なげに鎌幸が下を向いた。

「鎌幸、太陽が割れるという話だが――」

鎌幸が顔を上げた。

「まさかとは思うが、これもはったりをかましたのではなかろうな」

「気になるか」

「なるさ」

「さて、どうかな」

鎌幸がにやりと笑ってみせた。

その顔に唾を吐きかけたくなったが、黙って知之丞はすっと背を向けた。

「どうやら、はったりではなさそうだ」

知之丞の背中を目の当たりにし、懲《こ》りもせずにまた躍りかかってくるかと思ったが、二度も返り討ちにされて鎌幸にその気はないようだ。

その場にじっと立ち尽くしている気配が伝わってくる。

知之丞は重い戸を開けた。

相変わらず蒸し暑い。今にも汗がどっと噴き出てきそうだ。

小屋の中のほうがよほど涼しいのは、どういうことか。これでは、鎌幸のほうが恵まれているではないか。

――くそう。

急に気持ちがくさくさしてきた。

だが、この蒸し暑さは知之丞の企てに力を貸してくれるのだ。

——この天気が続けば続くほど、江戸で暮らす者どもの気持ちは、すさんでいく。

望むところではないか、と改めて自らに言い聞かせた知之丞は小屋の中を振り返った。鎌幸は呆然とした感じで土間に突っ立っている。

一歩外に出た知之丞は、鎌幸を見るともなく戸を閉めはじめた。

無念そうな顔つきをした鎌幸の姿が、ゆっくりと消えていく。

——いや、そうではない。

不意に気づいて知之丞は途中で手を止めた。小屋の暗さに包み込まれている鎌幸の顔を見直す。

鎌幸は無念そうにしているのではない。かすかに笑みを浮かべ、哀れみの目で知之丞を見ていたのだ。

——なんだ、その目は。

激しい口調でただしたかったが、それも業腹《ごうはら》だ。無表情を装ったまま知之丞は無言で戸を閉めた。

鎌幸は最後まで薄笑いをたたえていた。

——やつめ、路傍に転がる骸を見るかのような目をしておった。

知之丞は腹立たしくてならない。

——これから天下を取ろうとしておるというのに、そのような末路を俺が迎えるはずがない。

とにかく三人田だ、と知之丞は思った。

——湯瀬直之進から奪うことだ。そうすれば、天下を我が手に握れる。

しかし、三人田を自分のものにできなかったらどうなるのか。

弱気が心をかすめる。

鎌幸め、と知之丞は覚った。

——やはりやつは、俺が湯瀬から三人田を奪えぬと思っておるのだ。

鎌幸は、知之丞が返り討ちにされると、確信していた。

そうはいくか、と知之丞は思った。

——俺は湯瀬から三人田を分捕《ぶんど》り、やつを地獄の釜に突き落としてやるのだ。

必ずやうつつのものにしてやる。

揺るぎない信念の杭《くい》を、知之丞は心深くに打ち込んだ。

——俺にできぬことはない。俺がやるといったら必ずやるのだ。

満足の思いを抱いて、どこか薄暗い庭を歩きはじめる。
鎌幸の哀れみの目は、知之丞の胸中からきれいに失せていた。

第二章

一

きょろきょろしている。

「どうかしたかい、珠吉。落ち着かないようだけど」

足早に歩きつつ富士太郎は、前を行く忠実な中間に声をかけた。

珠吉が振り向く。富士太郎は目を合わせた。

「湯瀬さまですよ」

「えっ、直之進さんがどうかしたかい」

もしや琢ノ介さんのように警護を買って出てくれたのかな、と思い至って富士太郎は振り返った。だが、直之進らしい影などどこにも見えない。

――それはそうだよね。直之進さんは撫養という者を追うことで忙しいものね。おいらを守るなんてこと、できないよ。

「旦那に、身辺に気をつけてくれ、とおっしゃったじゃないですか」

えっ、と富士太郎は驚いた。

「珠吉は、さっきの直之進さんの声が聞こえたのかい」

「もちろんですよ」

「珠吉は耳がいいんだねえ」

「いや、格別に耳がいいと思ったことはありやせんよ」

「でも、あのささやきが聞こえるんだったら、いいんだよ。まだまだ珠吉は大丈夫だね」

「旦那、またあっしの心配でやすかい。前からいってやすが、あっしはこれから先もずっと元気なままでやすよ」

強がりに聞こえないところがすごいね、と富士太郎は感心した。しかし、とすぐに思い直した。やはり、いつかは珠吉の後釜を必要とするときがくるのだ。

「それなら、おいらのほうが珠吉よりも先にくたばっちまうかもしれないね」

「旦那っ」

珠吉が怒ったような声を出したから、富士太郎は首をすくめた。

「なんだい、珠吉」

「滅多なことをいっちゃあ、いけやせんぜ。そんなことをいうと、うつつになっちまいやすよ」

「ああ、そうだね」

富士太郎は素直に認めた。

「くたばるなんて、口にしちゃいけなかったよ。ごめんよ、珠吉」

「いや、そこまで謝るようなことではないんですけどね。もし旦那に万が一があったら、悲しむ人が大勢いるんで。――もし旦那を害する者がいたら、あっしは命を賭《と》して守るつもりでやすよ」

「ありがとうね、珠吉」

富士太郎は感謝の思いを声に出した。でも、と内心で考えた。

――やっぱり珠吉の後釜のことをちゃんと考えないとね。いつまでも珠吉を頼りにはできないよ。もう六十を過ぎているんだから。なんだかんだいっても、仕事が終わればぐったりしているに決まってるんだ。なんとしても、静かな老後を送らせてやらなきゃね。

「直之進さんの言葉にしたがって、珠吉は警戒してくれてるんだね」

「当たり前じゃねえですか」

少し強い口調で珠吉がいった。

「旦那に万が一があったら、あっしはご内儀に申し訳が立たねえ。しわ腹をかっ切っても追いつかねえでやすからね」

「珠吉。もしおいらが死んでも、腹を切るのは駄目だよ」

「切腹が駄目なら、首をくくりやす」

「珠吉、死ぬ必要はないといってるんだよ」

「いえ、そういうわけにはいきやせん」

珠吉が激しくかぶりを振る。

「あっしは旦那の後を追いやす」

「一緒に死んでどうなるっていうんだい。誰も喜ばないよ。いや、おつなさんが悲しむよ。女房を泣かせてどうするんだい」

「しかし——」

「しかしも、かかしも、ないよ」

「はあ」

「もし珠吉がおいらの後を追ってきたら、地獄に蹴落としてやるからね。覚悟しておくんだよ」

「死んだら、足がないから蹴落とすのは無理じゃありやせんかい」

「屁理屈《へりくつ》をいうね」

すいやせん、と珠吉が頭を下げる。

「しかし、地獄に落とされるってのは、ぞっとしやせんねえ」

「いやだったら、おいらの後を追わないことだよ」

「わかりやした、追いやせん」

珠吉がきっぱりといった。それを聞いて富士太郎は、くすりと笑いを漏らした。

「旦那、なにがおかしいんでやすかい」

「珠吉は、地獄が本当にいやなんだなって思ったんだよ」

「誰だっていやでしょう」

「どんなところか、見てみたくはないかい」

「いちど見るくらいならいいですけど、ずっといたくはありやせんねえ」

「それはそうだね」

それからしばらく富士太郎たちは無言で歩いた。

誰かつけている者がいないか気になり、富士太郎は後ろを振り向いた。しかし、尾行されているような気配はまったくない。

――油断はできないよ。青口さんに術をかけてしくじった撫養は、新たな手でおいらを狙ってくるに決まっているよ。なんとしてもおいらを定廻り同心からはずさないと、撫養の狙いは成就しないからねえ。

富士太郎はさらに思案した。

――撫養が必ず襲ってくるとしたら、やっぱり少し怖いねえ。直之進さんには及ばないけど、琢ノ介さんがいてくれたときは心強かったねえ。

琢ノ介のことが思い出される。

――早いところ目を覚ましてほしいねえ。もし琢ノ介さんが亡くなっちまったら、おいらこそ腹を切りたくなるよ。なにしろ、琢ノ介さんはおいらを守るために駆けつけてくれたんだものねえ。なんたって青口さんを捕えられたのは琢ノ介さんのおかげだしね。おまけにその夜、八丁堀の組屋敷のそばで襲われて、またもや琢ノ介さんに助けられた。それが、あんなことになっちまった。

胸を押さえて倒れ込んだ琢ノ介のことが脳裏によみがえる。

――あの夜、琢ノ介さんがいなかったら、おいらはまちがいなく死んでたよ。

琢ノ介さんは命の恩人だよ。なんとしても目を覚ましてほしいよ。

琢ノ介のことを考えたら、胸が苦しくなってきた。

――しかし、ご臨終と雄哲先生がおっしゃったときには、こっちの心の臓が止まったよ。息をするのを、しばらく忘れていたくらいだからねえ。なに、きっと琢ノ介さんは大丈夫さ。雄哲先生の秘薬が効き目をあらわすに決まっているんだ。期待しているよ、循納散。

心で語りかけて富士太郎は懐から手ぬぐいを取り出した。いつもと変わらず、今日もひどく蒸し暑い。歩いているだけで、汗がだらだらと流れ出てくる。手ぬぐいでしきりに顔や手、首筋を拭いた。

――しかしこれじゃ、風呂に入りたくなっちまうね。いま入ったら、どんなに気持ちいいだろう。水も飲みたいね。喉が渇いちまったよ。

撫養に囚われの身となっている鎌幸は、ずっと風呂に入っていないだろう。水さえろくに与えられていないかもしれない。

鎌幸のことを考えたら、このくらい、どうってことはないと思えた。一刻も早く撫養の居場所を突き止め、鎌幸を解き放ってやらなければならない。

そのことが、公儀の転覆を防ぐことにも通ずるのだ。

――よし、やってやるよ。

富士太郎は決意を新たにした。

――それにしても、今日は朝早くから米田屋さんに行ってよかったよ。直之進さんや倉田さんに会ったことで、青口さんの突拍子もない振る舞いも坂巻さんや大田さんの死も、撫養知之丞という男が関わっていることがわかったんだからね。

どういうからくりなのか、富士太郎にもはっきりと見えてきたのである。

――直之進さんや倉田さんに引き合わせてくれたのは、琢ノ介さんだよ。琢ノ介さんは命を賭して教えてくれたんだ。無にすることなんかできないよ。できるはずがないよ。

そのとき、どこからか諍《いさか》いらしい声が聞こえてきた。

またかい、と富士太郎はいささかうんざりして思った。今日もこれから、数多くの喧嘩や諍いが起きることになるのだろう。

「旦那、どうしますかい」

振り返り、珠吉が諍いの仲裁に入りますかときいてきた。

「珠吉、町人たちには悪いけど、今日は仲裁には一切入らないよ」

強い声で富士太郎は宣した。

「定廻りとしてまことに申し訳ないけど、かかずらっていられないからね。撫養を捕らえることのほうが、今はずっと町人たちのためになるからね」

「ああ、さいですね」

目に鋭い光を宿した珠吉がうなずく。

「撫養を捕まえてしまえば、この重苦しい雲もきっとどこかに消えちまいますよ。からっとした夏らしい空が、望めるにちがいありやせんや」

「その通りだよ、珠吉。おいらたちは脇目も振らずに、撫養知之丞を捕らえることに全力を尽くすよ」

「承知しやした」

まだ喧嘩をしているらしい荒い声は、町屋越しに聞こえてきている。

——もう少しだから、勘弁だよ。撫養を捕まえることのほうが、仲裁に入るよりも今はずっと大事なんだ。ごめんよ。

心を鬼にして富士太郎は足に力を込め、一心に歩き続けた。


四半刻後、足を止めた。

小伝馬町には、久しぶりにやってきたような気がする。

小伝馬町の牢屋敷は四方を堀に囲まれている。堀に沿って連なる高い塀には、忍び返しが設けられている。

往来に立って富士太郎は左右を見た。剣呑《けんのん》な気配は感じられない。どこにも撫養の刺客らしい者はいないのだ。

——よし、行こう。

珠吉をいざなって堀にかかる小さな橋を渡ると、すぐに表門に突き当たった。そこには六尺棒を手にした二人の門衛が立っていた。

二人は、橋を渡ってきたのが定廻り同心の富士太郎であることを認め、深く頭を下げた。

「これは樺山さま、お久しぶりでございます」

役目柄、牢屋敷にはよく足を運ぶので、門衛とは顔見知りである。

富士太郎は二人にうなずいてみせた。

「今日はなにか」

左側に立つ、やや歳のいった門衛がきいてきた。

「女囚に話を聞きたいんだ」

「なんという女囚ですか」

すぐに富士太郎は伝えた。

「わかりました、おさんですね」

その名を聞いて、右側のやせた門衛が目を険しくした。

「おさんというと、樺山さまのご同僚の坂巻さまを手にかけた女ではありませんか」

「その通りだよ。坂巻さんが亡くなってからいろいろとあったんだ。それでちょっとおさんに話をきかなければならなくなったんだ。おまえたち、おさんをいじめてないだろうね」

「いじめるなんて、手前どもにはできやしません。なにしろ囚人に会うことは滅多にありませんからね」

「それならいいんだよ」

富士太郎はにこりと笑ってみせた。

「樺山さま、どうぞ、お通りください」

二人の門衛が横にどき、道を空ける。ありがとうね、といって富士太郎は表門をくぐった。後ろを珠吉がついてくる。

さすがに広い敷地である。二千六百十八坪あると聞いている。

富士太郎の勤仕している南町奉行所は二千六百十七坪らしいから、一坪だけこちらのほうが広いのだ。

――このたった一坪の差は、どこから出たのかねえ。測りまちがいってことはないのかね。どうやって坪数を測っているんだろう。

でも、と富士太郎はすぐに思った。そんなのはどうでもいいことだね。

この牢屋敷を差配する牢奉行は世襲であり、代々、石出帯刀《いしでたてわき》がつとめる。牢屋役人は八十人ばかりおり、その手下となって働く獄卒《ごくそつ》は五十人ほどだ。

だいたい四百人ほどの囚人が常に収容されている。

正面に見えている玄関は、牢屋役人の詰所につながるものだ。

詰所の建物を右手に見ながら敷地内をまっすぐ行くと、こぢんまりとした内門が左側に建っている。そこを抜けると、左手に改番所《あらためばんしょ》の建物がある。富士太郎は珠吉を連れて中に入った。

ここには牢役人が何人も詰めており、足を踏み入れた富士太郎に厳しい眼差しを向けてきた。

肥え気味の牢役人に用件をきかれ、富士太郎ははきはきと答えた。

その牢役人が一枚の紙を差し出してきた。名と身分、用件を記すようにいわれた。

筆を借りた富士太郎はすらすらと書いた。

「これでいいですか」

富士太郎は丁寧な口調で、牢役人に紙を渡した。

紙を受け取った牢役人は、厳しい目を走らせた。すぐに、けっこうです、とうなずいた。分厚い表紙の書類挟みに、富士太郎の名の入った紙を綴じ込む。

「どうぞ、こちらに」

別の牢役人に導かれ、富士太郎と珠吉は外に出た。

正面に建つ巨大な細長い建物が牢獄である。あれに、ほとんどの囚人が詰め込まれているのだ。

富士太郎は、その建物自体に圧《お》されているような気がした。牢獄から、大勢の者の怨念やら執念やらが漂い出ているかのようだ。

――こんなことを感じるのは、久しぶりに来たせいかな。

もともと牢獄というのは、不気味な建物だ。

牢内は囚人たちによってすべてが取り仕切られ、制裁や密殺は当たり前のように横行している。牢役人がそのことについて口を挟むことはない。日常のこととして密殺が行われているために、牢獄の四百人という囚人の数は、外から新たな犯罪人が送り込まれようと、ほとんど変わらないのである。牢屋敷内にある処刑場に連れていかれる前に命を絶たれた者は、これまでにどれほどに上るのか。富士太郎には見当もつかない。

――ここは江戸の闇の一つだね。

富士太郎は奥歯をぎゅっと噛み締めた。

牢獄の建物には当番所というものがあり、何人かの牢役人が詰めている。薄暗い土間に入ると、富士太郎はなにやらむわっとするような熱を感じた。ここ最近ずっと続いている蒸し暑さとは、まったく異なる熱だ。淀みのようなものがある。同時に富士太郎は饐えたにおいも嗅いでいる。

これが牢獄というものなんだね、と思った。同じように感じているのか、珠吉も息をのんでいる。

ここでもまた名と身分、用件をきかれた。

この程度の厳しさは役目柄、当然と思っているので、富士太郎自身、面倒とも思わず、すらすらと答えた。

「おさんに会いたいといわれるか」

怒ったような目をしている牢役人がたずねてきた。

「さよう。いま関わっている事件でききたいことがありまして」

「承知しました」

一段上がった畳敷きの狭い詰所には、いくつかの文机が置かれている。牢役人が書棚から取り出した囚人の名簿らしい帳面をのせ、めくりはじめた。

すぐにおさんの名が見つかったようで、富士太郎に顎を引いてみせた。

「わかりました。いま連れてまいります。しばしお待ちくだされ」

「痛み入ります」

富士太郎は深く腰を折った。珠吉もそれにならう。

牢役人が狭い式台に降り、土間の雪駄を履いた。左側に歩き、獄卒の一人に声をかけた。

「西の揚屋《あがりや》にいるおさんを連れてきてくれ」

「承知いたしました」

獄卒が答え、鍵をがちゃがちゃいわせて厚みのある戸を開けた。中に入っていく。暗い土間の向こうに姿は消えた。

開けられたばかりの戸が閉められ、鉄の鳴る音を立てて錠が下ろされた。

さほど待つことなく、獄卒が一人の女を連れて戻ってきた。

——おさんだ。うん、まちがいないよ。

獄卒が手を上げ、合図を送る。それに応じてこちら側から錠が開けられる。連子《れんじ》の戸が横に滑り、まずおさんが入ってきた。なぜ揚屋から引き出されたのかわけがわからないようで、おどおどしている。

「おさんです」

続いて入ってきた獄卒が牢役人に引き渡す。おさんの手には縛めがされていた。

縛めの縄の先端を手にした牢役人が富士太郎に顔を向ける。

「どうぞ、こちらがおさんです」

「かたじけない」

頭を軽く下げて、富士太郎はおさんに歩み寄った。相変わらずどこか儚《はかな》げな感じのする女である。

そのあたりに坂巻十蔵は惹《ひ》かれ、深みにはまったのかもしれないが、富士太郎は智代のような健やかで明るい女性のほうが性に合っている。

「それがしのことを覚えているかい」

開口一番、富士太郎はきいた。富士太郎としては、本当はもっと落ち着いた場所で話をしたいのだが、当番所の外に囚人を連れ出すことはできないのである。そういう決まりが厳としてあるのだ。

おさんがぼうっとした目で富士太郎を見る。

「は、はい、覚えております。私をお縄にしたお役人です」

熱に浮かされたような目を、おさんはいまだにしている。

——薬はしっかりと残っているんだね。

つまり、と富士太郎は思った。解毒薬のようなものがないと、撫養の薬は体から抜けないのかもしれない。

——まったく厄介な薬だよ。

富士太郎は腹立たしかった。そんなものを公儀の要人の多くが、のまされているかもしれないのだ。

撫養にしてみれば、たやすく抜けてしまう薬ではすぐに正気に戻られて、ほとんど意味をなさないのだろう。

——まったくもう張り倒してやりたいよ。

「えっ」

おさんが目を大きく見開いた。

「お役人、なんでしょうか」

——ああ、おいら、また声に出していたようだよ。この悪い癖は気をつけなくちゃいけないね。

心中で息をついた富士太郎は懐に手を突っ込んだ。

そこにいる数人の牢役人がぴくりと緊張し、目が一斉に富士太郎に注がれる。いずれも、匕首《あいくち》の類でも取り出すのではないかといわんばかりの眼差しである。

安心してくださいい、というように富士太郎は牢役人たちに大きくうなずいてみせ、一枚の紙を取り出した。

——どうやら、おいらが坂巻さんの仇討をするんじゃないかって疑っているようだね。的外れな勘繰《かんぐ》りだけど、笑うことはできないよ。

もし富士太郎におさんを殺す気があるのなら、捕らえたときにそうしている。いくらでも口実をつけて、おさんをあの世に送れたはずだ。

「あの、お役人。私は、いつ首を刎《は》ねてもらえるのですか」

えっ、と富士太郎は息をのんだ。

「私を一刻も早く殺してほしいのです。あの世に行って、坂巻さまに謝りたい」

「いや、まだ裁きが出ていないからね。それに死罪になるかどうかもわからないよ」

女の場合、罪一等を減じられる場合が多いが、定廻り同心を殺したおさんは、さすがに無理かもしれない。

「いつ裁きが下されるのですか」

いつなんだろう、と富士太郎は思った。

「今のところはなんともいえないね」

「さようですか」

力が抜けたようにおさんが肩を落とす。

「おさん――」

富士太郎は呼びかけた。

「こいつを見てほしくて、おまえに来てもらったんだ」

手にしている撫養知之丞の人相書を、富士太郎はおさんに渡した。

「はい」

相変わらずまどろみの中にあるような目をしたおさんが受け取り、のろのろとした動きで人相書を見る。

「その男に会ったことはないかい」

すぐに顔を上げ、おさんが首を横に振った。どこか幼子《おさなご》のような仕草だ。

「会ったことはないと思います。覚えのない人ですから」

言葉だけは、少しはっきりしてきた。

「本当かい。おさん、もう一度よく見てくれないかい」

富士太郎が諭《さと》すようにいうと、おさんが人相書に再び目を落とした。今度はじっくりと見ている。

――これなら少しは期待が持てるかな。

首をかしげて、おさんが顔を上げた。

「どうだい、覚えがあるかい」

答えが待ちきれず、富士太郎はうながした。

「いえ、やっぱり覚えはありません。一度も会ったことのない人です」

それを聞いて富士太郎は顔をしかめた。気落ちしそうになる。

しかし、定廻り同心としてこのくらいでめげるわけにはいかない。

なにしろ自分の持ち味は粘りなのだ。

――琢ノ介さんの剣と同じさ。

琢ノ介のことを思い出したら、元気が出てきた。

――琢ノ介さんも今がんばっているんだ。おいらががんばらないで、どうするんだい。

富士太郎はおさんをまっすぐに見つめた。

――撫養がおまえに薬を飲ませて、術をかけたのはまちがいないんだ。そのために、坂巻さんは殺されちまったんだからね。

大田源五郎のように怒りっぽい者なら、おさんの襟元を思い切り締め上げ、思い出せ、思い出すんだっ、と声を荒らげているだろう。

だが、富士太郎はそんなことができるたちではない。

「本当にその男と会ったことはないんだね」

できるだけ優しい語調で確かめた。

「はい、ないと思います」

小さな声でおさんが答えた。

「見かけたこともないかい」

いわれて、またおさんが再び人相書を見つめる。

「ありません」

そうかい、と富士太郎はいった。

「いい忘れていたけど、この男は撫養知之丞というんだ。名に聞き覚えはないかい」

「はい、ありません」

すまなそうにおさんが人相書を差し出してきた。もう話を切り上げて牢に帰りたいと思っているのだろうか。

仕方なく富士太郎は人相書を受け取り、折りたたんで懐にしまいながらいった。

「そうそう、この男には戸鳴鳴雄という筆名もあるんだ。戯作を書いているんだよ。といっても、まだ素人《しろうと》に過ぎないんだけどね」

「えっ、戯作ですか」

おさんの瞳に少しだけ輝きが宿った。おや、と富士太郎は目をみはった。

「そう、戯作だよ」

勢い込んだせいで、富士太郎の声は少しうわずった。

「ああ、そういえば――」

た。


おさんが甲高《かんだか》い声を上げた。

「お役人、もう一度、人相書を見せていただけますか」

「もちろんだよ」

期待を込めて富士太郎は人相書を手渡した。

手にしたおさんが、じっと見入る。うんうん、と何度か小さなうなずきを見せ
「そういえば、この人、うちの店に来たことがあるような気がします」

やはりそうだったかい、と富士太郎は拳をぎゅっと固めた。

「店というと、湯島《ゆしま》にある諏訪来《すわらい》だね」

湯島六丁目にある一膳飯屋である。六、七人も入れば一杯になる狭い店で、夜は煮売り酒屋になる。

いかにも気のおけない店に見えるが、実際には二階で女たちに春をひさがせていたのだ。

「撫養知之丞という戯作者もどきが、諏訪来に来たのはいつのことだい」

富士太郎はすぐさまきいた。おさんが考え込んだ。

「そんなに前ではなかったように思います。せいぜい半月ばかり前です。でもこ

の人、確か、店には長居しなかったんです」

「へえ、そうなのかい」

「店に入ってきてしばらくしたあと私に、あんたがおさんさんだね、ときいてきたんです。私が、そうですと答えると、なかなかいい女だね、と笑っていいました。この店が繁盛するのもわかるよ、とも」

「それで」

「あんた、長いこと続いている人がいるのかい、とこの人はいいました。なぜそんなことをいうんです、と私がきくと、あんたはそんな顔をしているからね、とこの人は答えました。お客さんは顔相を見るんですか、とたずねたら、見るよ、と答えました。どうやらあんたは一途だね、俺には出番がないかな、ともこの人はいいました」

　少し疲れたようにおさんが言葉を切る。

「あんた、いい人と一緒になるらしいね、とその人はすぐにいいました。私はほかのお客さんもいる手前、なにも答えませんでした。その後、この人は黙りこくり、お酒にもほとんど口をつけないまま、勘定をして店を出ていきました。遊びに来たわけではなかったのか、と私はちょっと意外でした」

撫養は、と富士太郎は思った。その晩おさんに会いに来たんだね。二人が恋仲であるのを知って。

それにしても、どこで坂巻さんとおさんが将来を約束した仲であることを知ったのだろうか。

——撫養が知っていたのは、それだけじゃないよ。坂巻さんと吟味方《ぎんみがた》与力の娘との縁談が、進んでいることもきっとどこかで耳にしたんだよ。その上で、おさんがどんな女なのかを確かめるために諏訪来にやってきたにちがいないんだ。

おさんから目を離して、富士太郎は思案に暮れた。

——おさんなら大丈夫だと断を下した撫養は薬を飲ませ、坂巻さんを殺すように術を施したんだ。そうに決まっているよ。

いつどこで撫養は、おさんに薬をのませ、術をかけたのか。そのことが富士太郎は気になった。

「諏訪来を出ていった撫養はそれきり戻ってこなかったのかい」

「戻ってきませんでした。でも店が終わって私が長屋に帰る途中、いきなり声をかけてきたんです」

おさんは、今や撫養のことをはっきり思い出したという顔つきをしている。

「なんて声をかけてきたんだい」

「これから飲みに行かないかって誘われました。自分は戯作者なんだ。いま書いている戯作がいいものになるよう、是非とも話を聞きたいんだ、といってきました。おごるから行かないかって」

「おまえは誘いに乗ったんだね」

その上で撫養は隙を見て、おさんの酒に薬を混ぜたのではないか。

しかしおさんは、いいえ、といった。

「誘いはきっぱり断りました。私には坂巻の旦那がいるから、知らない男と一緒に飲みに行くなどあり得ませんでした……」

――ああ、撫養がおさんを使えると覚ったのは、この瞬間だね。情の深い女だと、おさんの素顔を見抜いたんだよ。

富士太郎は腕組みをした。

――吟味方与力の娘との縁談が進んでいる坂巻さんは、おさんにいずれ必ず別れ話を切り出すと撫養は踏んだんだ。情がとびきり深い女が別れ話を切り出されたら、その男を簪で刺しても、なにも不思議はないものね。番所は、なんの疑いも抱かずに納得ずくで捕らえるよ。

実際に富士太郎はそうしたではないか。

——くそう、撫養の策においらは乗っちまったのか。

「おまえに誘いを断られて、その後どうしたんだい」

「帰っていきました」

「どこへ帰るとか、いってなかったかい」

「なにもいってませんでした」

唇を嚙み、富士太郎は思案に沈んだ。

——これはどういうことだろう。撫養はどこでおさんに術をかけたのか。

すぐに答えは出た。

——ああ、そうか。なんでもないことだよ。撫養は忍びなんだからね。公儀の要人にしたのと同じようにおさんに薬を飲ませ、術をかけるなんて、きっとたやすいことだよ。

「その晩だけど、坂巻さんはおまえの長屋を訪れたのかい」

富士太郎はおさんに新たな問いをぶつけた。

「いえ、来ませんでした」

それがなにかといった風情でおさんが答える。

「じゃあ、撫養と会った晩、おまえは長屋に帰り、一人で寝たんだね」

「さようです。疲れていたし、酔いもありましたから、すぐに寝床に入りました」

「おいらは酒が入ると、途中で目が覚めることが多いんだけど、おまえさんはどうだい」

「私はいつも朝までぐっすりです」

やはりそうなのか、と富士太郎は思った。

深更に長屋に忍び込んだ撫養は、おさんに薬を飲ませ、坂巻十蔵を殺させる術をかけたのだ。

ふと富士太郎は目を閉じた。

別れ話を終えたばかりの坂巻が、神社の境内《けいだい》に立ち尽くすおさんに背を向けて去っていく。

そんな光景が脳裏に浮かんだ。

坂巻の背中が、厄介払いができたとばかりに弾んでいるように見えて、頭に血が上り、わけがわからずに簪を突き刺していた、とおさんは取り調べの際にいった。

――つまり撫養は、おさんの目に坂巻さんの背中が映ったときに殺すよう、仕向けたのではあるまいか。

きっとそうだよ。確信した富士太郎はさらになおもおさんに問うた。

「おまえ、坂巻さんと恋仲だったことを、誰かに話したかい」

「いえ、話していません」

「誰にもかい」

「はい、誰にもです」

「家人にもかい」

「私に家人はおりません。幼い頃、火事で死に別れました」

「ああ、それはすまないことをきいたね」

「いえ、もう昔のことですから」

ふう、と富士太郎は息を入れた。

「申し訳ないけど、もう少しつき合ってくれるかい。――おまえは坂巻さんとは逢い引きをしていたのかい」

「はい、しておりました」

か細い声でおさんが答えた。

「どこで会っていたんだい」

「たいていは出合い茶屋です」

「会っていたのは昼間かい」

「坂巻さまが非番のときは昼間に会いました。夜のこともありました。私の仕事が休みのときなどです……」

答えにくそうにいった。そうかい、と富士太郎は相槌を打った。

「どこの出合い茶屋だい。いつも使うところは決まっていたのかい」

「はい、だいたい決まっておりました。不忍池《しのばずのいけ》近くの喜来島屋《きくしまや》という出合い茶屋です」

上野《うえの》不忍池の界隈には、多くの出合い茶屋が集まっている。

「喜来島屋で、撫養を見たことはないかい」

「ありません。会ったのはあの晩だけです」

うん、と富士太郎はうなずいた。

「おさん、坂巻さんと喜来島屋以外の出合い茶屋を使ったことはあるかい」

「あります」

「それはどこだい」

「出合い茶屋の名はもう忘れましたが、谷中や湯島、本郷《ほんごう》の出合い茶屋にも足を延ばしました」

「谷中片町の出合い茶屋に行ったことがあるかい」

谷中片町は撫養の根城があった町だ。佐之助は、根城の座敷牢には一時、鎌幸が監禁されていたようだといっていた。

「あったかもしれません」

ということは、と富士太郎は思った。

――戯作のタネにでもしようと思ったか、戸鳴こと撫養は得意の忍びの術を使って出合い茶屋に忍び込み、男女の秘密を探っていたとは考えられぬか。

坂巻が南町奉行所同心であることなど、近くで耳をそばだてていたら、すぐにわかることだろう。

いずれおのれの企みのために定廻り同心を亡き者にしなければならないことがわかっていた撫養は、坂巻の身辺を徹底して調べたのかもしれない。

それで、坂巻の屋敷に忍び入った際、吟味方与力の娘との縁談が持ち上がっていることを知ったのではないだろうか。

――撫養が坂巻さんに目をつけたのは、こういうことで、まずまちがいないだろう。とはいえ、おいらはまだ、撫養の居どころにはまったく近づいていないね。

「谷中片町の出合い茶屋には、何度か行ったのかい」

「はい、不忍池近くの出合い茶屋ほど多くはありませんが」

「谷中片町の出合い茶屋の名は覚えていないと先ほどいったけど、思い出せないかい」

　きかれて、おさんが難しい顔になる。

「覚えておりません」

「そうか」

「でも、建物のすぐ横のほうに、ねじ曲がった松の老木が立っていました。それだけはよく覚えています」

　ねじ曲がった松の老木か、と富士太郎は思った。恰好の目印といってよいのではないか。さっそく行ってみよう、と決心する。

　おさん、と富士太郎は呼びかけた。

「曲り松のことを、よく思い出してくれたね。助かったよ。話はここまでだよ。ありがとう」

「いえ、大してお役に立てたような気はいたしません」

「そんなことはないよ。では、これでね」

富士太郎はおさんを牢役人の手に預けた。

「長いこと、お邪魔してしまい、まことに申し訳ありませんでした」

「いえ、気になさることはありませぬ」

歳のいった牢役人が人のよさそうな笑みを漏らす。

「町方の技を見たような思いですよ」

「技ですか」

「ああやって罪人に尋問をし、追い詰めていくのだな、と思いましてね」

今日のは、と富士太郎は思った。尋問というほどのものではないんだけどね。

だが、そのことを正直にいう必要はなかった。

おさんの身柄が獄卒の手に預けられ、再び揚屋に連れられていく。おさんは富士太郎をちらりと見たが、その目には涙が浮いているように見えた。

――まだ若いのに、かわいそうだよ。坂巻さんを殺してしまった罪は罪とはいえ、本当は死にたくないだろうに。

坂巻さんを殺したのは、おさんの意志ではない。なんとか救えないものかと思うが、定廻り同心を手にかけたということで、やはり極刑は免れないだろう。

今の町奉行ではなおさらだ。江戸の町人全員に税をかけようという男である。温情に満ちた裁きなど期待できるはずがない。

「どうしました」

牢役人がびっくりしたように富士太郎を見ている。

「えっ、なにがですか」

「いや、ずいぶん怖い顔をされていたものですから」

「ああ、すみません。ちょっと凶悪犯のことを思い出していたものですから」

「凶悪犯ですか」

「ええ。ともかくありがとうございました」

富士太郎は深く頭を下げた。

「お手数をおかけいたしました。では、それがしどもは、これで失礼いたします」

珠吉をうながし、富士太郎は当番所をあとにした。

外に出ると、饐えたにおいから逃れることができて、富士太郎はほっとした。

蒸し暑さは相も変わらず続いているが、当番所の中よりも外のほうがずっとよい。重苦しい気から解き放たれた気分だ。

珠吉も深い呼吸を繰り返している。

「久しぶりに牢屋内に入りやしたけど、やはりすごいところでやすね」

首を何度も振って珠吉がいう。

「まったくだね」

「ここは、まともな者が入っちゃいけねえところでやすよ。あっしは生きて出られる気がまるでしねえ」

町奉行所の中間なら、と富士太郎は思った。密殺されちまうかもしれないね。

――いや、まちがいなくそうなるだろうね。

「でも、珠吉のことだから牢名主になれるんじゃないのかい」

牢屋内の長《おさ》、つまり囚人たちの頭株として君臨している者だ。

「あっしじゃ無理でやすよ。牢内の荒くれどもを仕切れるわけがありやせん」

「そうかな。珠吉ならやれそうだけどね」

「仮にやれるとしても、あっしは囚人としてここに入るのはほんと、勘弁でやすね」

富士太郎たちは改番所も抜けた。牢役人の詰所の建物が正面に見えている。

敷地内を右に折れて、表門に向かう。

表門から往来に出た。

気疲れがある。どっと汗が噴き出てきた。

「これから谷中片町まで行くんですね」

少し固い声で珠吉がきいてきた。

「珠吉、行くのはいやかい」

「いやだなんて思っちゃいやせんよ」

「そうかい。おいらは、さすがにかったるいよ。でも、鎌幸さんを救い出すためには、疲れたただなんて、いっちゃいられないんだよ」

「その通りでやすよ」

珠吉の目に光が戻った。

――うん、やる気の光だよ。

「珠吉、大丈夫かい。行けるかい」

「当たり前でやすよ」

珠吉が胸を張る。

「これから京に行けっていわれても、あっしは行けやすぜ」

「京へかい。そいつは頼もしいね」

富士太郎たちは谷中片町を目指して歩きはじめた。

待山《まつやま》と金色に彩色されたきらびやかな看板が、黒い建物の横に掲げられている。

目印となっているねじ曲がった老松は、敷地の端のほうに立っていた。

「ここだね」

「ええ、まちがいないでやしょう」

さっそく富士太郎は出合い茶屋の女将《おかみ》や奉公人に話をきき、撫養の人相書を見せた。

しかし、撫養の顔に見覚えのある者は一人もいなかった。

——撫養という男は、よっぽどうまくこの出合い茶屋に忍んでいたんだね。まあ、忍びの術を身につけているから、それも当たり前かもしれない。それに、変装もお手の物かもしれないよ。

いくら人を見ることに長《た》けている出合い茶屋の者たちといえども、撫養がもし変装までしていたとしたら、顔を見覚えているはずがなかった。

なんの収穫もないままに、富士太郎と珠吉は待山を離れるしかなかった。

せっかく谷中片町まで足を運んだのだから、と富士太郎たちは界隈で聞き込みを行った。撫養のことをよく知る者がいないか、きいて回ったのである。

しかし、結局、そんな者には行き当たらなかった。撫養知之丞はほとんど知り合いや友垣をつくらないまま、この町で暮らしていたということかもしれない。

気がつくと、日が長い時季といえども、そろそろ日暮れの気配が漂いはじめてきていた。吹く風もわずかながら涼しさをはらんでおり、富士太郎はほっと安堵の息をついた。

「珠吉、仕方がない。番所に戻ろうか」

まわりを見渡して富士太郎はいった。闇の手を逃れようとするかのように、誰もが足早に歩いている。家路を急いでいるのだ。

「ええ、そうしやすか」

さすがの珠吉も疲労の色が濃い。これはやはり牢屋敷に行ったせいだろう。あの建物に当てられたのだ。

――そういえば、琢ノ介さんは邪悪な三人田に当たったのではないかって、倉田さんがいっていたね。それで弱っていた心の臓をやられたって。

琢ノ介が無事に目を覚ますよう、富士太郎は手を合わせて祈りたい気持ちだ。お百度を踏んでもよい、とすら思っている。

「旦那は番所に戻ったら、すぐに屋敷に帰るんですかい」

富士太郎を先導しながら珠吉がきいてきた。

「いや、一つやりたいことがあるんだよ」

まわりに注意を払いつつ、富士太郎は答えた。撫養の手の者が襲ってこないとも限らないのだ。

「そいつがなにか、旦那、きいてもかまいやせんかい」

もちろんだよ、と富士太郎は答えた。別にそれらしい気配は感じない。つけている者など、いないようだ。

「いま番所の揚屋に、青口さんが入っているだろう」

揚屋には、罪を犯して捕らえられた御家人や大名、旗本の家臣などが入れられる。格の低い神官や僧侶を留め置く場合も用いられる。

身分の高い者が入るのは揚座敷である。

「ええ、捕らえられやしたからね」

真剣な顔で珠吉がうなずく。

「できたら、撫養のことについてききたいと思っているんだよ」

青口誠左衛門は南町奉行所きっての剣の遣い手として知られていたが、つい先日、富士太郎に向かって斬りかかってきたのだ。

「青口さまが旦那を襲ったのも、撫養の差金であるのはまちがいありやせんからね」

「その通りだよ。青口さんも撫養に薬を飲まされ、術をかけられたに決まっているよ。じゃなきゃ、あんなことをするものかい」

「青口さまも、どこかで撫養と関わりがあったんでしょうからね。それを旦那は知ろうっていうわけでやすね」

「うん、そういうことだよ」

富士太郎は大きくうなずいた。

——しかし撫養という男は、本当に悪いやつだね。汚いことにはよく知恵が回るんだ。その知恵を人のために使えばいいのに。

青口誠左衛門に富士太郎を殺させれば、一気に二人の定廻り同心を除くことができたはずなのだ。それで撫養の企てはまた一歩、前に進んでいたはずだが、琢ノ介によって破られたのである。

――そうだよ、青口さんから守ってくれたのも、琢ノ介さんだったんだよ。

富士太郎は、潤んだように熱を帯びた目をした青口が刀を振り下ろしてきた瞬間を思い出した。目にもとまらない斬撃だった。一撃目は勘だけでよけたが、二撃目、三撃目はどうかわからなかった。

――あのとき琢ノ介さんがおいらの警護をしてくれていなかったら、おいらはまちがいなく斬られていたよ。琢ノ介さんのおかげで、こうして生きていられるんだ。

感謝してもしきれない。恩返しをするために、琢ノ介にはなんとしても生き抜いてもらいたかった。

――もし琢ノ介さんが死んじまったら、おいらは地獄まで追いかけていくよ。いや、琢ノ介さんの行き先は極楽かな。どっちでもいいよ。とにかく追いかけてって、死んだことをとっちめてやるんだ。

一刻も早く奉行所に戻り、青口から話を聞かなければならない。富士太郎はいっそう足を速めた。

それを知ってか、前を行く珠吉も疲れを知らないかのように歩調を上げた。

闇が江戸の町を塗り潰そうとしている。

暮れ六つはとうに過ぎた。

富士太郎と珠吉は南町奉行所に戻ってきた。

「よし、珠吉、今日はここでお別れだよ」

大門を入ったところで富士太郎は告げた。

「遅くまでご苦労だったね。疲れただろう」

ふう、と珠吉が息をついた。

「江戸っ子はやせ我慢をするものでやすけど、今日ばかりは、ちとまいりやしたよ。さすがに疲れやしたね」

「牢屋敷のせいだね」

ええ、と珠吉がうなずく。

「大きな声じゃいえやせんが、あそこはやはりとんでもないところでやすよ」

「珠吉、ゆっくりと体を休めておくれよ」

「わかっていやすよ。明日もありやすからね。旦那こそ根《こん》を詰めすぎないでおくんなさいよ」

「わかっているよ。じゃあ、これでね」

珠吉と別れた富士太郎は、奉行所の母屋《おもや》の左側に建つ建物に入った。

ここは、まだ小伝馬町の牢屋敷に送られていない者が入る牢屋で、中には揚屋もあるのだ。

富士太郎は、暮れ六つを過ぎてもまだ居残っていた係の岩島《いわしま》という同心に、青口さんに会いたいのですが、と伝えた。

この建物には、ほかに三人の同心が詰めているが、暮れ六つを過ぎてもう帰ったようだ。あとは、当直の獄卒が数人いるはずである。

「樺山どのは、なにゆえ青口どのに会おうと思われるのですか」

一段上がった畳敷きの間に座した岩島が上目遣いにきいてきた。

「新しい事実がわかったゆえ、そのことに関し、話を聞きたいのです」

細長い土間に立ったまま富士太郎は答えた。

「わかりました」

岩島があっけないほど、あっさりとうなずいた。文机の上にある鍵の束を手に取る。

「こちらにどうぞ」

錠を開けた岩島ががっちりとした戸に手をかけた。

重そうな戸が横に滑っていく。

牢屋敷の牢獄と異なり、ここからはいやな気配は漂ってこない。饐えたにおいもしない。さすがにほっとする。

戸の先には畳敷きの廊下が続いており、富士太郎は岩島の後に続いた。

五間ばかり進んで岩島が足を止めた。

「こちらです」

岩島が牢格子越しに揚屋の中を見る。富士太郎ものぞいてみたが、明かりは一つもついておらず、夜の塊でも投げ込んだかのようにひどく暗い。

「あっ」

いきなり岩島が大声を上げた。岩島のあわてた様子に、富士太郎は目をみはった。

「どうかしましたか」

――青口さんになにかあったのかい。

直感した富士太郎は揚屋内に目を凝らした。

「あっ」

岩島と同じ声が出た。

「青口さんっ」

声を限りに富士太郎は叫んだ。

揚屋内は二十畳ばかりの広さの畳敷きになっているが、板壁際に誠左衛門らしい影が倒れていたのである。富士太郎から三間ばかり離れたところだ。

暗すぎてよくわからないが、なにかが誠左衛門の首に巻きついているように見える。

——あれは帯だろうか。

身分が高い者が入れられる揚座敷は一人ずつの部屋になっているが、揚屋は大勢の者が一緒に入るようにつくられている。

「青口さんのほかに、人は入っていましたか」

富士太郎は岩島にきいた。

「いえ、入っておりませぬ。今日、青口どのは一人でした」

「これを開けられますか」

牢格子を切り取ったように設けられている小さなくぐり戸を、富士太郎は指さした。

「は、はい。ただいま」

鍵の束から一本の鍵を選ぼうとするが、岩島の手はぶるぶると震えて、なかなかうまくいかない。気の長い富士太郎がじれったくなるほどだった。ようやく鍵が差し込まれた。しかし錠はすぐに開かない。

「おかしいな」

岩島は首をひねっている。

「鍵がちがっているのではありませんか」

富士太郎はつい口を出した。

「いえ、これでまちがいありません」

岩島はいい張り、同じ鍵を使い続けた。何度かひねり回すようにして、ようやく、がきん、という音が響き、錠が開いた。

「なんでこんなに重くなっているんだ」

岩島がつぶやくようにいった。富士太郎はすぐに扉を開けた。

「岩島さん、それがしが入ったら、この戸はすぐに閉めて、また錠を下ろしてください」

ややや厳しさを口調ににじませて、富士太郎はいった。さすがに岩島も心得たもので、なにゆえそのようなことをするのですか、とはきいてこなかった。

青口は帯を首に巻きつけて自死したように見えるが、それがここから脱するための方便ということも十分に考えられるのだ。そうだった場合、錠を下ろしておけば、青口に逃げられる恐れはまずない。

逆に、富士太郎は青口と二人きりになってしまう。だが、まだ撫養の薬が効いているかもしれないとはいえ、青口が富士太郎を害するような真似を今さらするとは思えない。無腰の青口ならば、襲ってきたとしてもまずやられるようなことはあるまい、と富士太郎は踏んでいる。

富士太郎は中に入り込んだ。岩島がくぐり戸を閉め、素早く錠を下ろそうとしたが、今度も少し手間取っているようだ。ようやく、がちゃんという音を富士太郎は聞いた。

——よし、行くよ。

腹に力を込めた富士太郎は長脇差の鯉口《こいぐち》を切って、そろそろと畳の上を進んだ。

誠左衛門のすぐそばまでやってきて、静かに呼びかける。

「青口さん」

しかしながら誠左衛門はぴくりともしない。

目の前に横たわる体からは生きている感じは一切せず、骸という雰囲気しか伝わってこない。

——ああ、本当に死んでしまっているようだね。いったいなんてことだろう。

富士太郎は暗澹とし、その場に立ちすくんだ。青口誠左衛門まで失うことになるとは。頭を抱えたくなる。

「樺山どの、いかがですか」

待ちきれなくなったのか、後ろから岩島がきいてきた。

長脇差の鍔から手を離した富士太郎はかがみ込み、誠左衛門にそっと触れた。

案の定、体は冷え切っている。

——本当に死んでしまったんだ。

目から涙があふれそうになる。富士太郎は目を閉じ、合掌した。

——青口さん、なにも自死せずともよかったのに。あなたは誰も手にかけていないし、撫養の術にかけられてそれがしに斬りかかったに過ぎない。そのことが明かされれば、きっと放免されていたはずですよ。

誠左衛門の死が無念でならない。唇を嚙み締めた富士太郎は立ち上がろうとした。だが、足に力が入らない。

しっかりしろ、と自らを叱りつける。そうすると、足に芯が通ったような気がした。富士太郎はすっくと立ち上がり、岩島のほうに向き直った。

「死んでいます」

「さようですか」

呆然とした声を岩島が漏らす。くぐり戸の錠を外して、中に入ってきた。富士太郎の横に来て、誠左衛門を見下ろす。

「着物の帯を首に巻いて、両手で力の限りに引っ張ったのですね」

どこか他人事のようにいった。

「帯は取り上げないものなのですか」

気持ちが高ぶり、声が荒くなりそうになる。それを抑え込み、富士太郎はできるだけ穏やかにたずねた。

「取り上げる者もおります」

うつむき加減に岩島が答える。

「しかし青口どのの場合、樺山どのに斬りかかっただけで、幸い、誰かを傷つけたわけではなかったので」

岩島にいわれ、あのときの恐怖が富士太郎の心によみがえった。しかし、その思いを面にあらわさないようにつとめた。

岩島が言葉を続ける。

「もちろん、そのようなことをした以上、青口どのが定廻り同心にとどまるのは、まず無理だったでしょう。しかしながら、しばしの謹慎ののち、番所内のなにがしかの役目につくことは十分にできたのではないでしょうか。今のお奉行はその手の人たちに、機会を次々に与えていらっしゃいますからね」

青口の奉行所内での復職が叶っていたかどうか、富士太郎にはわからない。だが、少なくとも、岩島は今の奉行のやり方を歓迎しているようだ。

――今のお奉行の時代は長くは続かないよ。

富士太郎はすぐに思った。

「ですので、まさか青口どのが自死してのけるなど、それがしたちはまったく考えておりませんでした」

――岩島さんのいっていることは弁解でもなんでもないよ。正しいとおいらも思うよ。誰も青口さんが死ぬなんて、思ってもいなかったものね。

誠左衛門の死骸を見つめ、富士太郎は力なくかぶりを振った。

誠左衛門を失った悲しみが大波のように盛り上がってきた。涙がこぼれそうだ。唇を引き結び、富士太郎はこらえた。

「樺山どの、青口どのの死を与力さまに知らせなければなりませぬ。一緒に来てくださいませぬか」

「承知しました」

この暗い揚屋の中、誠左衛門の死骸のそばに一人たたずんでいてもしようがない。

重い気持ちを引きずるようにして、富士太郎は岩島とともに揚屋の外に出た。

二

どこからか叫び声がした。

どうせまた、と佐之助は思った。この蒸し暑さによる諍いだろう。

もう慣れっこで、足早に歩く佐之助は目をやる気すら起きない。またか、というんざりした気持ちしかないのだ。

すでに佐之助は、喧嘩でもなんでも存分にやってくれ、という気分になっている。

喧嘩やいざこざで気分が晴れるのなら、それでよいではないか。

江戸の者から不平不満が発散されれば、民衆蜂起を企んでいるはずの撫養の策謀も、少しは遠ざかることにならないか。

——とにかく、撫養に三人田を渡さぬことが肝心だ。これさえできれば、やつの企みがうつつになることはまずない。

こめかみから頬に垂れてきた汗を、佐之助は手の甲でぬぐった。

今日もまたひどく蒸し暑いのだな、と手についた汗を見て思った。自分がここまで汗をかくことなど滅多にないのだから。

夏の盛りでも涼しげにしていられるのに、今年はまるでちがう。とことん責められた馬のように、おびただしい汗を体中から流していることが多い。

今朝、家を出るとき、余りの汗のかきようを見かねた千勢が渡してくれた手ぬぐいを使い、佐之助は汗を改めて拭いた。手ぬぐいからは千勢の香りがほんのりと漂い、気持ちが和《なご》んだ。

——しかし、このざまでは湯瀬のことを笑えぬな。

本当に耐えがたい蒸し暑さといってよい。今年の夏は、この世がおかしくなるはじまりなのではないか。そう思えるほど、いつもの年と異なる。

正直、佐之助は気味悪く感じている。こんな年だから、撫養知之丞という妙な男があらわれ出たのだろう。

もしかすると、二振りの三人田がそろわずとも、天変地異は起きるのではあるまいか。地震や大水、富士山の噴火などである。

富士山の噴火ならば、と佐之助は思った。この目で見てみたいものだ。

噴火で上がったおびただしい灰が地上に厚く降り積もるらしく、人々の暮らしには難儀この上ないらしいが、それでも自分の生きている時代に富士山が炎と煙を噴き上げている光景を見られたら、こんなにすごいことはないのではないか。

このようなことは、千勢以外の誰にもいえない。いったら、変わり者扱いされるのが落ちだろう。

また汗がこめかみを流れてきて、高揚しかけた気分が少し落ち込んだ。佐之助は吐息を漏らし、手ぬぐいでまた汗を拭いた。

――俺よりも蒸し暑さにずっと弱い湯瀬は、しっかりとやっておるのかな。

顔を上げ、佐之助は思いやった。

――仕事はきっちりこなすあやつのことだから、まあ、案ずるには及ぶまい。

直之進はいま富士太郎の警護についているのだ。むろん撫養の刺客から守るためである。

直之進は富士太郎に気づかれぬよう、ひそかに警護している。直之進の腕ならば、そのくらい楽々としてのけるだろう。

富士太郎は自分に用心棒がついていることなど、まったく知らないはずだ。

富士太郎を囮《おとり》にして、撫養の刺客をおびき出そうと意図しているわけではない。

佐之助は今朝、秀士館から米田屋に向かう途中、どのような形で撫養を追い詰めていくか直之進と打ち合わせた。

佐之助が探索を行い、直之進が富士太郎の用心棒をつとめることに決まったとき、あの誠実な男はこんなことをいっていた。

自分が警護につくことを知らせれば、富士太郎さんは、きっと申し訳なく思うにちがいない。逆に、探索に張り切りすぎてしまうかもしれない。だが、それは俺の本意ではない。俺としては、富士太郎さんにはいつものように振る舞ってほしいのだ。そうすれば、富士太郎さんの探索は必ずうまくいく。

これには佐之助も同感だった。樺山富士太郎という男は熱い気持ちを持つ男である。撫養知之丞を追い込んでいく戦いに欠かせない男だ。

だが、直之進がそばにいるからといって、あまりに熱くなりすぎれば、ふだんなら見逃さないところを見落としたり、勇み足を踏んだりすることもあるだろう。

直之進も、富士太郎がふだんと変わらない様子でいてくれれば、異変を察知しやすくなるはずだといっていた。

——湯瀬、樺山を守り切れ。

力を込めて佐之助は念じた。

半刻ばかり歩き続けて、佐之助は立ち止まった。

目の前の長屋門は、蜂須賀家の上屋敷のものだ。

阿波徳島《とくしま》の蜂須賀家は二十五万石余の大大名だが、南町奉行所の隣に建つこの上屋敷は、さほど広大な敷地を誇っているわけではない。

門前に立つ門衛に歩み寄った佐之助は名乗り、犬伏《いぬぶし》田能助《たのすけ》に会いたい旨を伝えた。

蜂須賀家の江戸留守居役の一人である田能助は十年以上も前、佐之助と同じ剣術道場に通っていた。道場はとうにやめ、今は役目に邁進《まいしん》している男である。

田能助は仕事中ではあったが、快く会ってくれた。

「また来たか」

穏やかな笑みを浮かべて、客間に田能助がやってきた。それでも、瞳の奥にたたえられた光は厳しさを宿し、人のよいだけの男でないことをあらわしている。

「倉田、それで今日はなに用だ。この前の続きか」

佐之助の前に座り、きいてきた。

「そうだ。撫養知之丞のことだ」

田能助を見つめて佐之助は答えた。

「撫養か。撫養のなにをききたい」

「この前おぬしに会ったとき、久次米《くじめ》という勤番侍を紹介してくれたな。あの者の話では、撫養の父親が故郷でしくじりを犯し、江戸に出てくることになったといっていたが、どのようなしくじりだったか、知っておるか」

「そいつか」

田能助が深くうなずく。

「そのことについては、おぬしとこの場で会って以来、俺も気にかかっておったのだ」

「ほう、そうだったか」

「それで、国元からやってきた勤番から話を聞くなどして、調べてみたのだ」

「ふむ、それで」

佐之助は勢い込みそうになったものの、自らを抑え、冷静な口調でたずねた。

「倉田、撫養家が、我が家中において忍びの家筋だったことは話したな。忍びが薬種に精通しておるのは周知のことだが、撫養家は薬を家内でつくっていたらしいのだ」

「ほう、自分の家で薬をな。どんな薬をつくっておったのだ」

秘薬の類だろうか。なんとなく佐之助はそんな気がした。

「何種類かの薬を細々とつくっておったらしい。それが、撫養有之助《ゆうのすけ》の代になって、特に気鬱《きうつ》に効き目がある薬をつくりはじめた」

有之助というのは知之丞の父親である。

「有之助がつくり出したのは徳醸《とくじょう》貴陽散《きようさん》と名づけられた」

「ずいぶん大仰な名だな」

確かにな、と田能助が相槌を打つ。

「少し大袈裟なくらいのほうが売れると踏んだのかもしれぬ。その徳醸貴陽散を撫養家は領内で売りはじめたのだ。服用すると体に力が漲《みなぎ》り、やる気が一気に出てくるという触れ込みだったらしい。実際に、まさしくその通りという評判を得たというぞ。大儲けした撫養家は、徳醸貴陽散のみを扱う薬屋までつくってのけたのだ」

「そいつはなかなか大したものだ」

佐之助は素直に感嘆した。その顔を見て、田能助が満足げな笑みを漏らす。

「すごかろう。そして、その評判を耳にした先代の殿さまが徳醸貴陽散をのんでみたい、とおっしゃったのだ。ご先代は気分がくさくさして落ち込んだり、なにもやる気が出ぬことで長く悩んでおられたのだ」

「気鬱《きうつ》の気味があったのだな」

うむ、と田能助が顎を引いた。

「撫養有之助は、ご先代のために特に念入りにつくった徳醸貴陽散を献上したそうだ。その薬を服用されて、ご先代のご気分は霧が晴れるように爽快なものになり、大変お喜びになられた」

しかし、そのあとどういう事態に至ったか、聞くまでもなかった。すでに佐之助には想像がついていた。

唇を湿して田能助が続ける。

「その素晴らしすぎる効き目に、ご先代は徳醸貴陽散を常用されるようになった。しかし、薬というものは、のみすぎるとよくない。念入りにつくられた強い薬なら、なおさらだ。そのうちにご先代はほとんど寝たきりになられ、言葉もろくに話せなくなってしまわれた。それでご先代は隠居され、今の殿さまが家督を継がれたのだ」

先代は人として使い物にならなくなってしまったか、と佐之助は思った。蜂須賀家の家督相続に絡み、撫養家が策謀の片棒を担いだというようなことはないのだろうか。

「あまりに強い薬を献上したという責任を問われる形で、撫養の一家は阿波を出なければならなくなったのだ」

そういうことだったか、と佐之助は思った。

「今の蜂須賀家の殿さまは、先代の実子だったな」

「そうだ」

うなずいて田能助が佐之助をじっと見る。

「代替わりに当たり、なにか謀略が行われたのではないか、という顔だな。それのかに荷担した有之助がわざと強い薬をご先代に飲ませたのではないかと思っておるのか」

「まあ、そうだ」

「実をいえば、俺もそのあたりのことは考えた。だが、ご先代も当時すでによいお歳だったし、今の殿さまも家督を継ぐにふさわしいお歳になられていた。代替わりは、きな臭さとは無縁の中で行われたのだ。謀略らしいものなどなかったと断言できる」

この男の言なら信用できよう。そうか、といって佐之助は別の問いをすぐさま田能助にぶつけた。

「先代がそんなふうになって以降も、徳醸貴陽散の売れ行きは変わらなかったのだな」

田能助が、なにゆえそのようなことをきくのだろう、というような顔をしたが、すぐに佐之助の意図を解したようだ。

「うむ。ご先代が寝たきりになられてからも、売れ行きは鈍《にぶ》りはしなかったそうだ。服用すれば全身に気力がみなぎるというのは、やはり誰にとっても素晴らしいことゆえな。撫養家は、徳醸貴陽散で莫大な富を手にした。それは疑いようがない。有之助は放逐されたといっても、決して路頭に迷うなどということはなかっただろう。江戸での暮らしを楽しんだはずだ」

撫養知之丞のことはろくに知らないが、どこか富裕な匂いを感じさせる男だと佐之助はなんとなく思っていた。豪商並みの大金を持つ父親に育てられたのだから、それも当然だろう。

「領内の薬屋はどうなった。有之助は店をたたんで江戸に出てきたのか」

佐之助は新たな問いを放った。

「いや、今も徳島城下にあるのだ」

そうなのか、と佐之助は思った。

「誰が店を営んでおるのだ。撫養の一族か」

「そうだ。撫養知之丞の叔父に当たる者が、早鳴屋《さなるや》という店を営んでおる」

撫養の筆名の戸鳴に通じる屋号だな、と佐之助は思った。

「撫養知之丞の叔父というなら、元は武家ではないのか」

「むろん武家だ。その叔父というのは撫養家の三男らしく、侍に見切りをつけて早めに早鳴屋に婿入りしたようだ。早鳴屋はもともと薬種問屋だったらしいが、徳醸貴陽散を売り物に加えたことで、一気に大店に成り上がったそうだ」

「早鳴屋と撫養知之丞は、今もつき合いがあるのか」

「それについては確かめられなんだが、ないとはいえまいな」

「その通りだろうな。撫養知之丞の叔父は、撫養家に恩義を感じておるだろう」

今も早鳴屋から撫養知之丞に大金が送られているということは、十分に考えられる。相当の大金が、知之丞の懐に転がり込んでいるはずだ。

それだけの金があるのならつまらぬ策謀など考えず、優雅な暮らしを存分に楽しめばよいのに、と佐之助は心から思う。

だが撫養知之丞という男は、今の暮らしがきっと退屈でならないのだろう。なにかはけ口を求めているうちに天下覆滅などという常軌を逸したことを思いつき、本気でうつつのものにしようと考えはじめたにちがいない。

自分がどれだけ恵まれた境遇にあるか、生まれながらにしてなに不自由なく暮らしてきた者には、それが当たり前すぎてわからないのである。

軽く息を吸い込んでから、佐之助は田能助に問うた。

「早鳴屋は阿波にあるだけか」

「それは、支店がほかにないかきいておるのだな」

うむ、と佐之助はいった。

「特に江戸にないのか」

「早鳴屋は阿波の一軒のみだ」

「江戸で早鳴屋と取引のある店はないか」

「それは知らぬ。すまぬ」

「いや、謝るようなことではない」

顎に手を当て、佐之助は少し考えた。

「犬伏、撫養の一家が以前住んでいたところを知っておるか」

「ああ、そいつは聞いたことがある。確か薬研堀《やげんぼり》そばの村松町《むらまつちょう》だ。その町のどこだったのか、詳しいことまでは知らぬが」

「町の名がわかれば十分だ。村松町だな」

確かめた佐之助は、その名を胸に刻み込んだ。行ってみよう、と決意する。

「犬伏、忙しいところかたじけなかった。礼をいう」

「いや、礼などよい。倉田、今から村松町に行くのか」

「そのつもりだ」

「撫養知之丞は、いったいなにをしたのだ。いや、なにをしようとしておるのだ」

「それはまだいえぬ。すべてが終わったら、必ず話そう」

「待っておるぞ」

「承知した」

すっくと立ち上がり、佐之助は横の襖を開けようとした。

「倉田、いま幸せか」

いきなりきかれて佐之助は田能助を見下ろした。

「なにゆえそのようなことをきく」

「いや、おぬし、ずいぶん変わったなと思うてな」

「まあ、幸せだ」

「いろいろあったという話も伝わってきておるが、今が幸せならそれでよかろう」

手のひらを返したようにいつか暗転する日がくるかもしれないが、それまでは黙って今の幸せを享受しておくのが賢明だろう、と佐之助は思っている。

うむ、と田能助にうなずいてみせ、客間をあとにした。

田能助が、長屋門のそばまで見送りに出てきた。

「では、これでな」

佐之助は頭を下げた。

「うむ。また会おう」

田能助を見つめてから佐之助は体を返し、歩きはじめた。田能助がじっとこちらを見ているのを背中で感じた。

佐之助が角を曲がったことで目は消えた。

——いいやつだ。

若い頃から実直な男だった。一所懸命に励んだ剣はさして伸びなかったが、道場の先輩にかわいがられ、後輩からは慕われていた。むろん同輩とも仲がよかった。一緒にいると、場を明るくしてくれる男だった。

——留守居役としても、きっと有能にちがいあるまい。いずれ蜂須賀家の柱石《ちゆうせき》にまで育つ男ではないか。

足早に歩きながら、佐之助はそんなことを思った。

村松町の自身番に入り、佐之助は詰めている町役人《ちようやくにん》に撫養家の話をきいた。

「撫養さんか、確かにおりましたねえ」

頭のほとんどを白髪が占めている町役人がしみじみとした口調でいった。

「撫養有之助の家はどこにあった」

「ああ、この裏ですよ。大きな家でしたね」

「撫養有之助が建てたのか」

「ええ、そうですよ」

「その家に今も人は住んでおるのか」

もしや鎌幸はそこに監禁されているのではないか。

「いえ、もう火事で焼けちまいました。あんな大きな家でも、火がついちまったら一瞬で焼け落ちちまいましたね」

そううまくはいかぬな、と佐之助は思った。

「焼ける前、その家からときおり叫び声が聞こえたりして、近所の者は気味悪がっていましたけど、あれはなにをしていたんでしょうねえ」

おそらく、と佐之助は思った。忍びの鍛錬の類ではないか。有之助が知之丞に稽古をつけていたにちがいない。

「火事のあと、撫養の一家はどうした」

「近くに家を借りましたよ。有之助さんもおりつさんも、そこで亡くなりました」

おりつというのは知之丞の母だろう。

「夫婦にはせがれがいたはずだ」

「ああ、知之丞さんですね。ちょっと変わっておりましたが、頭のよい子でしたね」

「どのあたりが変わっていたのだ」

「とにかく木や屋根に登るのがうまいんですよ。まさに猿《ましら》のように登ってしまうんです。一度木に登ると枝に腰かけ、ひがな一日そこから動きませんでしたねえ。このあたりの風景を身じろぎせずに眺めていたのを、手前はよく覚えておりますよ」

息を入れて町役人が続ける。

「他の子供とはちがって手習所《てならいじょ》には通わず、そこいらの茶店に入っては、よく本を読んでいましたねえ。ほかの子供と遊ぶことは、滅多になかったですねえ。友垣はいなかったみたいですよ。それから、なにか考え事をしていたのか、しきりに首をかしげながら道をとぼとぼと歩く姿もよく目にしましたね」

友垣がいないことは、別に責められるようなことではない。群れて遊ぶより、一人でいろいろなことを空想しているほうが好きな者だって大勢いる。

「誰もいないと思っていた暗がりからいきなりあらわれて走っていったり、ふと気づいたら後ろを歩いていたりして、薄気味悪いこともありましたねえ」

忍びの稽古の一環だったのだろうか。

「ただ、ある日、登っていた木の枝が折れて地面にしたたかにたたきつけられましてね。打ちどころが悪かったのか、その頃から目つきが悪くなり、妙に怒りっぽくなったような気がしますよ」

これも勘に過ぎないが、知之丞には気短なところがあるように感じられる。

「それから、近所の薬種問屋に入り浸っていましたね。小さい子なのにあんな薬臭いところが好きだなんて、やはり手前には珍しかったですねえ」

薬か、と佐之助はぴんときた。今の知之丞に通ずるなにかがあるのではないか。

「その薬種商は今もあるのか」

「ええ、ええ、ございますよ。大きな薬種問屋です。胆鳴丸《たんめいがん》という肝の臓に効く薬を売り物にしております。この界隈では、知らぬ者はいないほどの店ですよ。わざわざ胆鳴丸を求めに、品川《しながわ》のほうからいらっしゃる人もいるくらいですからね」

「なんという店だ」

「鈴境《りんきょう》堂《どう》さんです」

「場所は」

「ああ、行かれますか。前の道を右に進めば、すぐにわかります。『胆鳴丸』と大きな看板が掲げられておりますから」

「よくわかった。手間を取らせたな」

「いえ、こちらこそ暇潰しができてよろしゅうございましたよ。またおいでください」

「ああ、すまぬが、もう一つきいてよいか」

「もちろんでございますよ」

町役人がにこにこする。

「二親《ふたおや》が死んだのち、知之丞はどうした」

「母親のおりつさんが亡くなって、知之丞さんは一人になりました。しばらくは借りた家で暮らしておりましたが、ある日、ふっといなくなったようですね。近所の者も大家もいなくなったことにしばらくは気づきませんでした。それから手前は一度も会っていません。会ったという者もおりません」

「知之丞がいなくなったのはいつだ」

「もう十年はたつでしょうねえ」

「いなくなった当時、知之丞はいくつだった」

「歳ですか。二十歳前後だったんじゃありませんかねえ。そういえば、知之丞さんが長じてからは、もうほとんど姿を見かけなくなっておりましたねえ。あれは家に籠もっていたんですかね」

きっと夜、出かけていたにちがいない。それもおそらく忍びの鍛錬だったのだろう。

「かたじけなかった」

礼をいって佐之助は自身番をあとにした。

町役人にいわれた通りに道を行くと、すぐに『胆鳴丸』と白く太い字で描かれた黒い看板が目に飛び込んできた。

次いで橙色《だいだいいろ》が目に入った。大きな暖簾である。よく目立つ暖簾は、風ではためかないようにと地面に打ちつけられた杭に伸びた紐《ひも》で、しっかりと固定されている。

腰をかがめて暖簾をくぐり、佐之助は店内に入った。むっとする薬のにおいに包まれ、息苦しいほどだ。

三和土《たたき》から一段上がった二十畳ばかりの座敷の奥には帳場囲いが置かれ、歳のいった男がそこに座って帳面を繰っていた。あれがあるじだろうか。

そのそばに番頭とおぼしき男が端座し、なにやらあるじに話しかけていた。

座敷の左側には高くて幅の広い簞笥《たんす》が壁に沿うように鎮座しており、数人の奉公人がその前にばらばらと座していた。

簞笥には、薬種がおさめられている小さな引出しがたくさんついており、奉公人たちはその簞笥を引き出しては、薬種を取りだして紙に丁寧に包んでいた。

「いらっしゃいませ」

あるじのそばにいた番頭らしい男が立ち上がり、もみ手をして佐之助に寄ってきた。

「なにかご入り用でしょうか」

「いや、薬がほしいというわけではない。ちょっと話を聞きたいのだ」

「はい、どのようなお話でございましょう」

番頭らしい男の目に警戒の色が浮いた。佐之助は笑いかけた。

「別に小遣いを強請《ゆすり》に来たわけではないゆえ、安心してくれ」

佐之助は番頭に告げた。

「撫養知之丞という者が、幼い頃にこの店に入り浸っていたそうだが、知っている者はおらぬか」

「撫養さまなら、手前が存じております」

番頭らしい者が答えた。おっ、と佐之助は瞠目《どうもく》した。いきなり当たりを引くとは思わなかった。さすがに佐之助は勢い込みそうになった。すぐに自分を抑える。

「最近、会ったことはあるか」

「はい、ございます。最近と申しても、一年近く前のことでございますが」

「この男でまちがいないか」

懐から人相書を取り出し、番頭らしい男に見せた。手に取り、男がしげしげと見る。

「ええ、まちがいございません」

男の顔には、いったいなぜ人相書まで用意しているのだろう、という思いが浮かんでいる。

「どこで会った」

人相書を受け取り、懐にしまい入れた佐之助は穏やかな口調できいた。

「この店でございます」

「撫養知之丞はここにやってきたのか」

「ええ、さようでございます。当店は胆鳴丸という薬で知られているのでございますが、心拓散《しんたくさん》という薬がもう一つの柱となっているのです」

「その心拓散を撫養は買いに来たのだな」

「さようです」

「撫養は一人で来たのか」

「いえ、奉公人らしいお方と一緒でございましたよ」

「奉公人だと。それは商人か。武家ではないのか」

考えられるのは撫養の手下の一人だが。

「物腰や言葉遣いからして、手前には商人にしか見えませんでした」

つまり、撫養には戯作者以外に、さらに別の顔があるということではないか。

「撫養は薬種問屋でもしておるのか」

「手前もそう思いましてうかがったのですが、言葉を濁されまして……」

そうか、と佐之助はいった。

「心拓散はここでしか売っておらぬのだな」

「はい、手前どもがつくり上げた薬でございます」

「それを大量に買っていったのか」

「はい。もともと心拓散は小売りにはほとんど回りませんで、多くは薬種問屋に卸しておりますので」

「心拓散はなにに効くのだ」

「気持ちを落ち着ける効き目がございます」

「それは安眠をもたらすというようなものか」

「他の薬種を混ぜれば、そういうことにもなると存じます」

つまりは眠り薬のもとか、と佐之助は覚った。それに撫養は工夫を加えて、飲ませた相手に術がかかるようにしてあるのだろう。

「撫養の払いは現金か」

「さようで」

足がつくかもしれない為替《かわせ》払いを、撫養は避けたのだ。

「撫養が薬種問屋をしているとして、どこでやっているか、なにか漏らさなかったか」

「いえ、なにもおっしゃっていませんでした」

「撫養は、連れていた番頭らしい男の名を呼ばなかったか」

それには手応えがあった。

「ああ、呼んでおられましたね。あれはなんというお名でしたか……」

男はしきりに首をかしげている。

「思い出せぬか」

佐之助がいった途端、男が目を輝かせた。

「いえ、たったいま思い出しました。小柄な丸い体をしたお方で、失礼ながら、どこか亀のようなお方だなとも思っていたところ、亀助《かめすけ》さんと撫養さんが呼ばれたのです。それで覚えておりました」

「亀助か」

どこにでもいるような名だが、手がかりがないよりはましだろう。

「これで終わりだ。いろいろ話を聞かせてもらい、かたじけなかった」

会釈した佐之助は鈴境堂を出た。

——さて、どうするか。

薬種に詳しい者に会う必要があると佐之助は感じている。

——よし、行くか。

佐之助は日暮里の秀士館を目指した。ここからなら半刻もかからずに着こう。

木の香りが濃く漂っている。

こざっぱりしている。

——ふむ、教授方に与えられている客間はなかなかよいな。やはり、本物の者たちを集めた以上、このくらいの待遇は当たり前であろうな。

「お待たせしました」

広々とした十畳間に頭を下げて入ってきたのは、古笹屋民之助である。

「すまぬな、忙しいところを」

「いえ、ちょうど講義が終わったところですから、忙しいということもありません」

「どうだ、講義は」

いきなり本題には入らず、佐之助はきいてみた。

「最初はどきどきいたしましたが、今はちょっぴり慣れました。しかし、ここに学びに来ている人たちはみな熱心で、驚かされます」

「では、やり甲斐があるか」

「ええ、こちらも心を揺り動かされるものがあります。負けておれぬという気持ちになります」

「それはよかった」

「はい、本当に佐賀さまにお招きいただいてよかったと存じます」

民之助の顔は光り輝いている。大左衛門への感謝の思いは嘘偽りのないものなのだ。

「ところで古笹屋――」

佐之助は呼び、懐から人相書を取り出した。

「この男を知らぬか」

手に取り、民之助が人相書に目を落とす。

「ええ、存じておりますよ」

民之助があっさり認めたから、佐之助は驚いた。

「まことか」

我知らず片膝立ちになっていた。

「なにゆえこの男を知っておるのだ」

佐之助の勢いに押されたように、民之助が少し顔を後ろに引いた。それに気づいて佐之助は座り直した。

「この男でしたら今日から講義に来ております。ですので、手前は存じておるのでございます」

「なんだと」

声が尖《とが》った。

「先ほどまで手前は教場で一緒でした」

――なめた真似を。

佐之助は奥歯を嚙み締めた。

「その者はもう帰ったか」

「ええ、ほかの門人たちと連れ立って帰っていきました」

秀士館は来る者拒《こば》まずの精神で運営されている。撫養知之丞がもぐり込むなど、たやすいことだろう。

今から追いかけたところで、と佐之助は思った。追いつけやしない。やつは忍びの技を会得している男なのだ。

しかし、ここでのほほんと座しているわけにはいかない。追ってみて駄目なら、まだあきらめもつく。

「古笹屋、ここでしばし待っていてくれぬか」

「は、はい、わかりました」

戸惑ったように民之助がうなずいた。

刀を手にするや、佐之助は勢いよく客間を出た。母屋をあとにし、門に向かって走る。

すでに夕闇の気配があたりに漂っていることに、佐之助は少なからず驚いた。今日は早朝からいろいろとあった。時がたつのが異様に早かった。

門を抜け、決して広いとはいえない道を駆けた。大勢の門人らしい者たちが三々五々歩いている。

それらの者たちの顔をいちいち確かめつつ、佐之助は走り続けた。

——どこにもおらぬ。

五町ばかり走ったところで、佐之助は足を止めた。ひどく汗をかいている。手ぬぐいで顔や首筋を拭いた。

わずかに息を入れ、気持ちを落ち着ける。

——やはり忍びには追いつけなかったか。

無駄になるとわかっていたものの、むざむざと見過ごすわけにはいかなかった。

——しかし、ここは仕方がない、戻るとするか。

撫養の姿がどこにもない以上、ほかにしようがなかった。

きびすを返し、佐之助は秀士館に向かって足早に歩き出した。

十間ばかり歩いたところで、むっ、と顔を上げた。

背後から強い眼差しを感じたのだ。誰のものか、考えるまでもなかった。

振り返り、佐之助はそちらに目を向けた。畑が広がり、這いつくばるようにして百姓たちが仕事をしているのが見える。

半町ばかり先に、一本の立木があった。檜《ひのき》の大木であろう。

その陰にひっそりと人が立っている。佐之助はそう見た。

——撫養か。

しかし、すでに強い眼差しを佐之助は感じていない。

檜の陰の人影とおぼしき者は身じろぎ一つせずに立っているように見える。

——あれはまこと撫養なのか。とにかく確かめねばならぬ。

地を蹴り、佐之助は走りはじめた。

あっという間に檜にたどり着く。刀の鯉口を切りつつ、のぞき込んだ。

むう、とうなり声が出た。

そこにいたのは一体の地蔵だった。

くそっ、と佐之助はほぞを嚙んだ。

やつに遊ばれている感じがする。

姿をあらわせ、と佐之助は叫びたかった。

しかし、大声を発したところで撫養がその通りにするはずがない。

舌打ちしたい思いをこらえ、佐之助は秀士館へと引き返した。


目をみはって佐之助を見る。

「いったいどうされたのでございますか、倉田さま」

汗を一杯にかいて客間に戻ってきた佐之助に民之助がきいてきた。撫養の人相書を、今も大事そうに手にしている。

なにもいわずに佐之助は民之助の向かいに座した。別に息は弾んでいなかったが、呼吸をととのえるようにしばらく胸を上下させていた。

手ぬぐいで顔の汗をそっと拭いた佐之助は、民之助の手のうちにある人相書を見つめた。口を開く。

「実を申せば、いま湯瀬と俺はその男を追っておるのだ」

「えっ、さようでしたか」

驚いた様子の民之助が、手元の人相書をまじまじと見る。

「この男はいったいなにをしたのですか」

その問いを受け、佐之助は手短に事情を語った。

「さようでしたか」

聞き終えた民之助が納得顔になる。

「この男は、撫養知之丞というのでございますか。しかも、公儀の転覆を企んでおるとは驚きです」

信じられないというような口調で民之助がいった。

人相書がわずかに揺れ動いているのは、民之助の手が震えを帯びているからだろう。ただの商人に過ぎない民之助にとって、公儀の転覆という話は、それだけ衝撃が大きかったのだ。

「撫養とやらは、まったく恐ろしいことを考えるものですね」

怖《お》じ気《け》をふるったように民之助がいった。

「撫養は本気だぞ。本気で公儀を潰せると思い込んでおる」

「しかし、倉田さま、そのようなことがまことにできますか」

冷静さを取り戻したか、民之助は半信半疑の体《てい》だ。

「とうていできることではない」

佐之助はいいきった。

「だが、撫養という者は常人ではない。おのれの力を無限だと信じ込み、自分を神かなにかだと思い込んでおるのだ」

「新手の宗教の宗祖みたいなものですか」

「似たようなものだ」

うなずき、佐之助は語を継いだ。

「やつは自分のことを、奇跡を起こせる者だと考えておるにちがいない」

「とんでもない者がこの世にいたものですね」

首を振り振り民之助が人相書を返してきた。

「どういう按配なのか、たまにそのような者があらわれることがあるな」

「はい、さようで」

「その手の者は、時代が自分を呼んでおる、とたいていの場合、勘ちがいしておるものだ」

「まったくその通りでございます」

「この男は――」

人相書を懐にしまい入れて、佐之助は民之助にきいた。

「講義の場ではなんと名乗っておった」

民之助が首をかしげる。

「名簿には、確か蜂田《はちだ》小助《こすけ》と記してあったような気がいたします」

蜂須賀家の始祖である小六《ころく》をもじったものであろう。やはり本当に撫養知之丞は講義の場にいたのだ。

古笹屋、と佐之助は呼びかけた。

「この男は村松町の鈴境堂から、心拓散を大量に買い込んでおる。それを用いて、人をおのがままに操れる薬をつくり上げたようなのだ。そこでおぬしにききたいのだが、心拓散を使ったその薬の解毒薬ができぬだろうか」

佐之助は民之助をじっと見た。

「鈴境堂さんなら、うちもおつき合いがございます。ですので、手前は心拓散は何度も扱っております」

民之助が前置きをするようにいった。

「ほう、そうか」

はい、と民之助がうなずく。

「心拓散は、とても使い勝手のよい薬です。あれからは、さまざまな薬をつくることができるのですよ」

言葉を切り、民之助が思料《しりょう》する。

「さようでございますね。ええ、解毒薬はできると思います」

真剣な表情を佐之助に向けてきた。

「それはうれしい言葉だ」

佐之助は心強いものを覚えた。

「どのくらいの日数があれば、解毒薬はできるのだ」

「さようでございますね」

首をかしげ、民之助が少し考えた。

「つくる量にもよりますが、五日もあれば十分かと存じます」

「だったら、古笹屋、すぐにつくりはじめてくれぬか」

「は、はい、承知いたしました。あの、倉田さま、何人分の量をつくればよろしいのでしょう」

「そうさな」

佐之助は下を向き、思案した。

「とりあえず百人分ほどは、ほしいな」

さすがに多すぎるか、と思ったが、案に反して民之助はあっさりとうなずいた。

「百人分でございますね。さっそく取りかかりましょう」

考えてみれば、市販の薬は数千人にも及ぶ量を当たり前につくっているのだろう。

「頼む。それで古笹屋、代はいかほどかかりそうだ」

笑みを浮かべて民之助がかぶりを振る。

「いえ、お代はけっこうでございます」

「そういうわけにはいかぬ」

目を怒らして佐之助はいった。

「まことにいりませぬ」

頑《がん》として民之助がいい張る。

「しかし——」

「倉田さまのお話を聞く限り、これは天下の一大事。倉田さまは撫養知之丞を捕らえることでその企みを潰そうとなされていらっしゃいますが、だからといって、誰かから代を取ろうとお考えになっていらっしゃらないでしょう」

「それはそうだが」

「手前は、解毒薬をつくることで撫養の野望を打ち砕くつもりでおります。ですので、そのことでお代をいただこうなどとは、これっぽっちも考えておりません。とにかく、皆で力を合わせれば、撫養に打ち勝つのは難しくないでしょう。手前は解毒薬をつくることで、是非ともお役に立ちたいと考えております」

きっぱりといい切って民之助が口を閉じた。

「恩に着る」

胸が熱くなり、佐之助の頭は自然に下がった。民之助の両手を握る。

——俺がこのような真似をするのは初めてではないか。

腕に力を込めて佐之助は思った。

佐之助の手を握り返して、民之助がにこりとする。

「倉田さまは、意外とあたたかな手をされておりますな」

「そうか」

少し照れて佐之助は手を放した。

「あの、倉田さま。もう一度、先ほどの人相書を見せていただけますか」

なにか思い出したことでもあったのか、民之助が申し出る。

「うむ、もちろんだ」

佐之助は人相書を取り出し、手渡した。

「ふむう」

人相書に目を当てるやいなや、民之助がうめくような声を上げた。

「どうした」

問われて民之助が顔を上げた。

「今日の講義ではなく、撫養知之丞とは、どこかよそで会ったことがあるような気がいたします」

「なに」

身を乗り出して佐之助はすぐさまきいた。

「どこで撫養と会ったか、思い出せるか」

眉を八の字にして、民之助が困惑の顔を見せる。

「それが申し訳ないことに、いつどこで会ったのか、さっぱりわからないのでございます。手前がなにがしかの用事で出かけたときに、会ったような気がするのですが、その用事がなんだったかも思い出せません。おつむの巡りの悪さに、いらいらいたします」

民之助は、頭をかきむしりたいような顔をしている。

「そんなに苛立つことはない」

佐之助はなだめたが、それでもしばらくのあいだ民之助はなんとか思い出そうとして、うんうん唸っていた。

だが、結局のところ、その努力も水の泡だった。

「本当にすみません」

民之助が自らの不甲斐なさに唇を嚙む。

「いや、よいのだ。──古笹屋、思い出したら、つなぎをくれぬか」

「はい、それはもう必ず」

はっきりした声音で請け合った民之助が、すぐさまこうべを垂れる。

「倉田さまのお役に立てず、まことに申し訳ありません」

「なに、謝ることではない」

佐之助は励ました。

「撫養の薬に対して、解毒薬ができることがわかっただけでも大きな収穫だ」

「そうおっしゃっていただけると、気持ちが楽になります」

「古笹屋、その調子で肩の力を抜き、どこで撫養知之丞と会ったのか、必ずや思い出してくれ」

「はい、きっと倉田さまのご期待に添えられるようにいたします」

「とにかく気楽にな。そのほうがよい結果が出るゆえ」

「承知いたしました」

座したまま民之助が辞儀する。

「では、古笹屋、これで失礼する。手間をかけた」

畳の上に置いてある刀を手に佐之助は立ち上がり、民之助に別れを告げた。民之助がまた頭を下げる。

足早に歩いて佐之助は母屋の外に出た。

すでにかなり暗くなっている。しかし、日が没してからも蒸し暑さを吹き飛ばしてくれるような風はなく、湿り気が泥のようにあたりに居座っている。

少し歩いただけなのに、また汗が体中ににじみはじめた。

本当にいつまでこの天気は続くのか。うんざりする。

――まこと撫養を倒せば、このぶ厚い雲も霧消するのではあるまいか。

本当に佐之助はそんな気がしている。

――この天気の元凶は紛れもなく撫養だ。

星の瞬《またた》きが一切見えない空を見やって、佐之助は確信した。

――やつを倒せば、必ず夏らしい夏がやってくるにちがいない。秋もちゃんと巡ってこよう。

拳を固めた佐之助は、撫養退治にさらに力が入るのを感じた。

第三章

一

朝靄《あさもや》が流れていく。

今朝もいつもと変わらず蒸し暑いが、風はほんの少しだけ涼しさをはらんでいるように佐之助は感じた。

この様子なら、秋はちゃんと巡ってきそうな気もするが、果たしてどうだろうか。

下谷《したや》茅町《かやちょう》に入る。それから二十間ばかり進んで、佐之助は歩をゆるめた。

目当ての路地はこのあたりのはずだ。

首を回して佐之助はあたりを見渡した。

——ああ、あそこか。

事前に注意されていなければ見逃してしまいそうな狭い路地が、右手に口を開けていた。商家と仕舞屋《しもたや》らしい建物のあいだだ。

歩み寄った佐之助はその路地に足を踏み入れた。

湿り気が、霧のように体にまとわりついてくる。この路地は、よそよりも蒸し暑さがきつい感じがしてならない。

もしや近くに撫養がいるのではないか。だとしたら、久万年屋《くまとしや》にいるのではないか。そんな思いを佐之助は抱いた。

路地の突き当たりに、一軒の店が建っている。いや、突き当たりに見えるだけで、まだ路地は奥に続いているようだ。

——ふむ、あそこだな。

まだ十間ほどの距離があるが、久万年屋と掲げられた看板が望めるのだ。薬種と書かれた扁額《へんがく》も見えている。

久万年屋とはずいぶん変わった名だが、阿波の徳島と関係があるのではないか、と佐之助はにらんでいる。

『とくしま』と『くまとし』は同じ平仮名を用い、ただ順番が異なるだけだからだ。

民之助によれば、久万年屋は阿波国の商家と取引をしているはずだという。久万年屋とはそこそこのつき合いしかないそうだが、民之助は半年ばかり前に商談で訪れたことがあるのだそうだ。

その際、撫養知之丞らしい男と会ったのだという。

今朝、民之助本人が佐之助の暮らす音羽町《おとわちょう》の家にやってきて、告げたのである。

まさか民之助が自ら足を運んでくるとは思っていなかったから、佐之助は少なからず驚いたものだ。

さて、どうするか。

久万年屋まであと十間ばかりまで迫ったところで、佐之助は思案した。ここまで来ても、いまだに考えがまとまらないのは、どうかしていると思う。蒸し暑さのせいにはしたくないが、最近、どうも頭の巡りがよくないような気がする。

民之助によれば、久万年屋は至極真っ当な薬種問屋としか思えず、撫養知之丞の陰謀に荷担するような店ではないと断言できるとのことだった。

半年前に久万年屋に撫養がいたのは薬種の注文に来たか、注文した薬種を引き取りに来たからではないか、と民之助はいっていた。

撫養について久万年屋が忌憚《きたん》のない話をしてくれればよいが、と佐之助は願った。

なにしろ久万年屋は、撫養の故郷とじかにつながっている店である。これまで自分の知りようがなかったことが聞けるかもしれない。そこから撫養の隠れ家が知れるかもしれないのだ。

佐之助の期待は大きい。

よし、正面からぶつかるしかあるまい。

意を決し、佐之助はたなびく暖簾をまっすぐ目指した。

久万年屋までほんの三間というところで、暖簾の向こうに人の気配が立った。邪悪な感じがし、佐之助は足を止めた。ほぼ同時に、さっと暖簾が中から払われた。

むっ、と佐之助は瞠目した。久万年屋から出てきたのは撫養知之丞だったからだ。人相書にそっくりだ。

まさかいきなり出くわすとは思わず、さすがの佐之助も驚愕するしかなかった。

「旦那さま、いってらっしゃいませ」

番頭らしい男が出てきて、撫養に丁寧に辞儀する。

なにっ——。

佐之助の驚きはさらに増した。撫養がこの店のあるじだというのか。

言葉を失ううちに、撫養は佐之助に背を向けて、すたすたと通りを歩きはじめていた。佐之助が来たのとは、反対の方角である。

商人然とした身なりではなく、どこか遊び人ふうではあるが、少なくとも丸腰だ。脇差すらも帯びていない。

番頭らしい男が軒下に立ち、微動だにせず撫養を見送っている。

すぐさま我に返った佐之助は、逃すものか、捕らえてやる、と決意し、撫養の背後に飛ぶように近づいた。

意外にほっそりとした肩に手が届きそうになったその一瞬前、撫養の右手がわずかに横に動いた。

いきなり路地に小さな男の子があらわれ、撫養のそばを駆け抜けようとした。その子の腕をつかむや、撫養は一気に肩の上に乗せたのだ。あっという間に男の子は肩車の恰好になった。

いきなりのことに男の子はびっくりし、声も出ないようだ。それでも、懸命にもがきながら撫養の肩から逃れようとする。

だが、撫養は両腕でがっちりと男の子を押さえつけ、それを許さない。

——汚い真似を。

こうなっては、撫養に飛びかかるわけにはいかない。男の子を人質にされたも同然なのである。

躍りかかれば、撫養が男の子になにをするか知れたものではない。

歯嚙みしつつ、佐之助は二間ばかりの距離を置くしかなかった。

歩調を変えることなく、撫養が路地を歩いていく。背後にいる佐之助を、まるで気にしていないように見える。

肩の男の子はすっかりあきらめたようにおとなしくしてはいるものの、まわりを不安げに見回している。今にも泣き出しそうな顔をしていた。

母親でも捜そうとしたのか後ろに首を回してきた男の子と、佐之助は目が合った。大丈夫だ、というように目顔でうなずきかける。

気持ちが通じたのか、男の子は少しだけ落ち着いたように見えた。

そのまま撫養の背に目を据えて、佐之助は後ろを歩いていった。

いずれ、どこかで撫養は男の子を放さざるを得ぬ。

路地から通りに出て二町ばかり行ったところで、左側に古ぼけた築地《ついじ》塀《べい》があらわれた。ところどころはがれ落ちているが、修繕はまったくされていない。塀は朽ちるに任せているという感じである。

この荒れようからすると、相当の貧乏寺か破《や》れ寺《でら》のようだ。

やがて塀が途切れ、三段の石段がついた山門が見えた。それをためらうことなく撫養がくぐっていく。

男の子が、おどおどした目をこちらに向けてきた。

大丈夫だ。必ず助けてやる。

心で告げてから佐之助は足を止め、山門を見やった。

ここが撫養の隠れ家なのか。

いや、そうであるはずがない。いきなりこの俺をそんなところに連れてくるものか。

山門には扁額が掲げられているが、墨が薄くなっており、ここからではなんという寺なのか、はっきりと読めない。

山門をくぐろうとして、弘導寺《こうどうじ》と記されているらしいのを、佐之助はかろうじて解した。

なにかで聞いたことのある名だ、と首をひねる。

確か、聖徳太子が関わった寺にこんな名の寺があったような気がする。

だが、この寺は聖徳太子とはまったく関係ないだろう。

別に名や由緒などどうでもよい。とにかく、いま俺がすべきことは男の子を解き放ち、撫養を捕らえることだ。それしかない。

境内に入った撫養は、足早に石畳を歩いている。何枚もの屋根瓦が落ち、ぺんぺん草がむなしく風に吹かれている本堂に入っていく。

やはり無住《むじゅう》の寺だな、と佐之助は思った。破れ寺としかいいようがない。

佐之助は足を止めた。

——ほう、待ち構えておる。

それが佐之助には、はっきりとわかった。撫養の配下らしい者たちが、近くで身をひそめている気配がはっきりと伝わってくるのだ。

撫養は、はなから俺をここに誘い込もうとしていたようだな。

しかし、それではおかしいことに佐之助は気づいた。

ここに誘い込むためには、俺が久万年屋に来ることを知っていなければならぬ。やつは、いったいどうやって俺が久万年屋に来ることを知ったのか。もしや、俺はあとをつけられていたのか。

眉根を寄せて佐之助は自問した。

いや、そんなことはあるまい。俺は背後には重々気をつけて、久万年屋までやってきた。俺に気取られることなく尾行をしてのける者は、撫養の配下にはおるまい。

しばしのあいだ、佐之助はその場にたたずんでいた。

まあ、よい。ここは本人にきいてみるしかないな。

腹を決めた佐之助は境内を進んだ。

ひどくじめっとしている。まわりは鬱蒼《うっそう》とした木々に囲まれ、手入れされていない藪《やぶ》も目につく。

風の通りがほとんどなく、寺の境内らしい凜とした空気は微塵も感じられない。

これも、撫養がこの場にいるせいかもしれぬ。あの男は、どのような場所も居心地の悪い場所に変えてしまうのだろう。やはり撫養を倒さねば。そうすれば、江戸の天気も元に戻るのではあるまいか。

そのためには、これは絶好の機会といってよい。撫養の側から誘ってきたことを、後悔させなければならない。

苔《こけ》むし、すり切れたような石畳を踏んで佐之助はまっすぐ本堂を目指した。

背後で、きしんだ音を立てて山門が閉じられる。山門の脇に手下がひそんでいるのは、もちろん知っていた。

後ろを振り返ることなく歩を進めた佐之助は、本堂の前に立った。

それと同時に、まわりの木々や藪の陰、山門脇から、わらわらと男たちが飛び出してきた。殺気をほとばしらせて佐之助を取り囲む。

数はちょうど十人、いずれも覆面をしている。すでに抜刀しており、どの男も血走った目で佐之助をにらみつけている。

十振りの刀身が自ら光を発しているかのようにぎらつき、薄暗い境内を鈍く照らしている。数はそろえているが、大した腕を持つ者は一人もいない。

以前、撫養の配下たちは湯瀬にかなりやられたはずだ。それなりの腕を持つ者はそのときの怪我が治りきっておらず、この場には来ていないのだろう。

本堂から、ゆっくりと撫養が姿をあらわした。もとより覆面はしていない。含み笑いをたたえて佐之助を見ている。

むっ、と佐之助が目をみはったのは、撫養が三人田らしい刀を腰に帯びていたからだ。

——うむ、紛れもなく三人田だ。こやつ、三人田まで持ち出してきおったか。まこと、この場で俺を始末するつもりでおるらしい。

そうはさせるか、と佐之助は力むでもなく思った。やつに俺を殺すことはできぬ。

佐之助にはいささかの気負いもない。

「ずいぶんもったいをつけた出方だな」

佐之助は、三間ばかりを隔てて立ち止まった撫養に向かっていった。

撫養が、ふふ、と笑いを漏らす。

「真打《しんう》ちの出番は最後と決まっておろう」

「実力もないのに、おのれを真打ち呼ばわりするか。お笑いよな」

「真打ちにふさわしい力を備えておるかどうか、すぐに証してくれよう」

「よし、見せてみろ。その前に、一つきいておく。先ほどの男の子はどうした」

楽しそうに佐之助を見てから、撫養が破顔する。

「おぬしも人がよいな。あの子を助けるため、我らに囲まれるとわかっておって、ここへやってきたわけだからな」

その言葉を聞いて、もしや、と佐之助は覚った。あの男の子は、芝居をしていたのではあるまいか。

「あの子を助けるためではない。きさまを捕らえるためにここに来たのだ」

撫養にしてやられたとは思わない。どのみち撫養とは対決しなければならないのだ。男の子が芝居をしようとしていまいと、まったく関係ない。

「もうわかったようだが、そうよ、あれは俺が金で釣った子よ」

いい放って撫養が後ろを振り返る。

「謙吉《けんきち》、出てこい」

呼ばれて本堂から男の子が、おずおずとやってきた。男たちの抜き放つ刀が恐ろしいのか、うつむいている。

「よくやったな」

ほめたたえた撫養が、謙吉の頭をごしごしと撫でさすった。

こわばった笑みを謙吉が見せる。

「よし、駄賃をやろう」

袖に手を突っ込み、撫養がおひねりを取り出した。

「ほら、持っていけ」

「あ、ありがとう」

かたい声音でいって、謙吉が奪うようにおひねりを手にした。少しおびえた目で佐之助を見たが、すぐに駆け出し、山門のくぐり戸から外に出ていった。

佐之助は謙吉を見送ることなく、撫養に眼差しを注いでいた。

撫養が佐之助を見返す。

「なにゆえおぬしを待ち構えることができたのか、きかぬのか」

「すでに答えは知れておる」

「ほう、わかっておるのか。さすが倉田佐之助だけのことはある」

俺の名を知っていたか、と佐之助は思った。それも当たり前だろう。秀士館のことを調べれば、すぐにわかることに過ぎない。

「なにゆえ俺が久万年屋に来ることが、きさまに知れたのか。秀士館には、久万年屋とつき合いのある古笹屋民之助がおる。きさまが秀士館に出入りしていたと知れば、古笹屋の筋から、遅かれ早かれ俺たちが久万年屋のことを突き止めるであろうことは、わかっておったはずだ」

「うむ、まことその通りだ」

撫養が首肯してみせる。

「今日あたり、誰かが久万年屋にやってくるであろうな、と俺はにらんでおった。手配りをしていたところに、倉田佐之助が下谷茅町に入ったと、手下が知らせてきたのだ」

「それを聞いたきさまは、時を計って久万年屋の外に出たのだな」

「まあ、そういうことだ。そして、おぬしをここに誘い込んでやった」

「誘い込んだか。だが、そいつは逆目に出ると思ったほうがよい。きさま程度の腕で、俺を殺れるはずがなかろう」

「確かに剣の腕は劣るかもしれぬ。しかし、俺には忍びの術がある。その上、頼もしい相棒もおる」

撫養が三人田の柄《つか》を軽く叩いた。

「この名刀がある限り、おぬしに負けるはずがない。おぬしはここに骸をさらすことになる。音羽町で暮らす美しい妻とかわいい娘に、二度と会うことはない」

むっ、と佐之助は全身に力が入った。

——こやつ、千勢たちのことも調べ上げておったか。

殺気をみなぎらせて、佐之助は刀の鯉口《こいぐち》を切った。いつでも撫養を斬り捨てられる体勢を取る。

「もし二人に手出しをしたら――」

佐之助は火を噴くような目で撫養をにらみつけた。

「きさまを必ず八つ裂きにしてくれよう。楽には死なせぬ」

「そんなに妻と子が大事か。ならば、おぬしを始末したあと二人を殺してやろう。妻子と水入らずで、三途の川を渡るがいい」

「きさまにそのような真似はできぬ。俺がきさまを殺すからだ」

撫養があきれたような笑いを見せた。

「さてさて、おぬしに俺が殺せるかな」

笑みを消し、撫養が真顔になる。冷酷そうな光が瞳にたたえられた。

「やれ」

さっと手を振る。

それに応じて、十人いる配下のうち、六人が佐之助に殺到してきた。

前から四人、背後から二人。

佐之助は振り返るや大きく踏み込み、左側にいた一人を抜き打ちにした。

右腰から左胸にかけて逆袈裟《ぎゃくけさ》に斬り裂かれた男は、ううっ、とうなり、体を丸めて後退した。

傷は浅く、すぐさま死に至るようなことはないだろうが、血止めをしないと、いずれ命をなくすことになろう。

斬られた男が下がって空いた隙間を、佐之助は間髪容れずに通り抜けた。同時に、右腕のみの斬撃をすらりとした長身の男に見舞う。

男は長身を利し、佐之助に刀を振り下ろそうとしていたが、そのときにはもう右肩を斬られており、斬撃は威力、伸びともに欠いていた。刃は届かず、佐之助は傷一つ負わなかった。

覆面の奥の目を大きく見開きつつ、長身の男がよろけた。左手で右肩を押さえている。覆面越しでも苦悶《くもん》の表情をしているのが知れた。

佐之助はそのまままっすぐ突き進んだ。行く手には新たに四人の男が刀を正眼に構えて立っている。

その四人めがけて突進すると見せて、佐之助は体をくるりとひるがえした。

背後に追いすがってきた四人のうち、一人だけが半間ばかり突出する形になっていた。その太り気味の男に、佐之助は刀を振るっていった。

ずさっ、という音とともに着物の左胸あたりを斬り裂き、そこから血が噴き出した。ぐあっ、と叫んだ太り気味の男が綱にでも足を引っかけたように地面に転がった。血は激しく出たが、傷はさして深くないはずだ。

太り気味の男には目もくれず、体勢を低くした佐之助は右に動いて刀を胴に払った。樽のような体格をした男の太ももに刃が入る。

ぴっ、という音が耳を打ち、踏み込んだ男の左足から血がほとばしった。樽のような体格の男が体勢を崩し、地面に倒れ込んだ。左足を抱え込み、苦しがりはじめた。

右に位置している小柄な男が、刀を上段から落としてきた。それを知った佐之助はすぐさま後ろに跳ね飛んで、斬撃をかわした。

かわしざま、すぐに突っ込む。小柄な男の腕が伸びた隙を狙い、右の小手を打った。

佐之助が刀を引くや、小柄な男の手の甲が血に染まった。刀を振り上げようとしたが、新たな痛みが手の甲に走ったか、それはかなわなかった。

小柄な男は、ぐむう、とうめいて後ろに下がろうとした。だが、すぐに気力を奮い起こしたらしく、刀を左手一本で握り直して、佐之助に突きを繰り出してきた。

鋭さのかけらもない突きで、佐之助は軽々とよけ、小柄な男の左肩に刀を叩き込んだ。

刀が肩の骨を二つに斬り割ったのはわかったが、ほとんど手応えはなかった。

ぎゃあ、と体をねじるようにして叫んだ小柄な男は、気力が尽きたように地面に倒れ伏した。肩から血を流しつつ、芋虫のように身もだえている。

左側にいるやせた男が、鳥のような気合とともに胴に刀を払ってきた。それを佐之助は刀で鋭く弾き返した。

佐之助の強烈な打撃を受けて、やせた男は刀を引き戻すのが遅れた。その隙を見逃さず、佐之助は袈裟《けさ》懸《が》けに刀を振り下ろした。

刃が左の二の腕に入った。

やせた男は、左腕を切断されたと思ったか、瞳に絶望の色を宿している。

しかし、佐之助にそこまでする気はなかった。戦う力を奪えれば十分なのだ。

これまでも同じ気持ちで刀を振るっていた。

やせた男は、よろよろと動いて藪のほうに向かっていく。ゆっくりと佐之助の視野から消えていった。

やがて藪の陰から、どさり、と音が聞こえた。力尽きて倒れたようだ。

あっという間に六人の手下が戦いの輪から除かれたことに業を煮やしたか、どけっ、と怒鳴るようにいって、撫養が残りの四人を後ろに下がらせた。

血走った目を佐之助に据え、ずいと出てくる。三人田の鯉口をすでに切っていた。

――望むところだ。

手下たちのあまりの不甲斐なさに怒りに震えている様子の撫養を見つめて、佐之助は思った。

――雑魚《ざこ》の相手はもう飽きた。

佐之助は踏み出し、二間ばかりを隔てて撫養と相対した。

撫養がわずかに腰を落とす。今にも三人田を抜かんとしている。粘っこい感じの殺気を放ってきていた。

――三人田を抜く前に決着をつけたほうがよい。

そう判断した佐之助は地面を蹴り、撫養に向かって一気に突っ込んだ。撫養を間合に入れるや、刀を振り下ろしていく。

おっ、と目を大きく見開いたものの、撫養は素早く横に動いて佐之助の斬撃をかわした。

——逃がさぬ。

佐之助は足を止めることなくさらに突進し、間合を一気に縮めた。撫養の左の脇腹に、わずかな隙が見えている。姿勢を低くし、佐之助は刀を胴に振っていった。

それもかろうじて撫養はよけてみせた。佐之助は、さらに上段から刀を落としていった。あっ、という顔を撫養が見せる。すでに体勢を崩していた。

避けきれぬ、と観念したような表情を撫養がしたように佐之助には見えた。

佐之助は情け容赦なく、撫養を殺すつもりでいる。ここであの世に送ってしまえば、後腐れがない。

恐ろしく執着心が強そうなこの男を下手に生かしておくと、その後、なにが起きるか知れたものではない。

禍根《かこん》は元から断つに限るのだ。

鎌幸の居どころは、傷を負わせて動けなくした手下どもにきけばすむことだろう。

佐之助の刀が撫養の面を割ろうとした。

だが、その一瞬前に佐之助の両腕は力なく上がっていた。直後、がきん、という音が耳を打った。

なにが起きたか、佐之助にはわからなかった。はっ、として見直すと、撫養が三人田を構えていた。

――三人田で、俺の刀を弾き返してきおったか。

意外に素早い抜き打ちで、佐之助は目をみはらざるを得なかった。

いま撫養は正眼に構えている。白い歯を見せていた。

もはや勝ったとでもいいたげな顔だ。

――三人田が相手だろうと、俺は負けぬ。どんな得物を用いてもこの俺には勝てぬのだと、撫養に思い知らせねばならぬ。

佐之助は刀を振り上げ、躍りかかろうとした。だが、刀がずいぶん軽いことに気づいた。刀の重みなど戦っている最中に感じることは滅多にないが、これはいくらなんでもちがいすぎる。

刀を見やると、刀身の半分以上が消え失せていた。

むう、と佐之助はうなった。

――三人田に叩き折られたか。

佐之助の愛刀もなかなかの業物だったが、やはり三人田の出来とはかけ離れていたのだ。位のちがいを見せつけられた思いだ。

「どうする、まだやるか」

三人田を油断なく構えて撫養がきいてきた。

佐之助は、腰には脇差を帯びている。だが、脇差では三人田に敵することはできない。ほんの数瞬のうちに、あの世行きだろう。

「やるに決まっておろう」

撫養と三間ばかりの距離を隔てて、佐之助はいい放った。

「その折れた刀でか。それとも脇差を使うつもりでおるのか」

「つべこべいわずにかかってこい」

撫養を見据えて佐之助はいった。

「この場に至っても逃げぬというのは、さすがとしかいいようがないな。では、望み通りに」

撫養が大股に足を進めてきた。あっという間に間合が縮まる。

一間半ほどまで撫養が迫ったところで、佐之助は折れた刀を投げつけた。同時に走り出し、脇差を抜いた。

撫養の懐に勢いよく飛び込む。脇差で胸をえぐるつもりだった。

佐之助が投げつけた刀を撫養は体を開いてかわし、胸に突き刺さろうとした佐之助の脇差を三人田で無造作に払ってみせた。

まるで佐之助の動きを読んでいたかのようだ。実際に撫養は予測していたのだろう。刀を折られた者に、ほかにどんな手が残されているというのだ。

がつっ、と音が立ち、佐之助の手から脇差が離れた。脇差が藪のほうに飛んでいき、がさっ、という音がしたときには、撫養は三人田を佐之助に向かって振り下ろしていた。

迫りくる刀身がみるみるうちにふくれ上がり、佐之助の目には大蛇《おおなた》のように見えた。

――よけられぬ。

佐之助は観念しかけたが、不意に千勢やお咲希の顔が脳裏に浮かんできた。

――こんなところで死ぬわけにはいかぬ。

刹那《せつな》、首をひねり、体を低くした。地面に這いつくばる。

これで果たしてかわせたか、わからなかったが、今はほかにしようがなかった。

びゅん、という風が湧き起こり、体をかすめるようにして三人田が行き過ぎていったのがわかった。刀身に吸いつけられたかのように背中が浮き上がりそうになる。

すさまじいまでの三人田の威力だ。

だが、少なくとも斬られてはいない。どこにも傷はない。そのことを、佐之助は確信している。

素早く立ち上がり、走り出した。目指すのは山門だ。いま佐之助の手のうちには得物は一つもない。逃げるしか手はなかった。

敵に背を向けて逃げるのは恥だといっている場合ではない。丸腰で三人田を相手に戦ったところで、犬死にでしかないだろう。

――今は生きることを考えればよい。

叱咤するようにおのれにいい聞かせて、佐之助は足を動かし続けた。

「逃がすなっ」

撫養が怒号を放つ。

それに応じて、無傷の四人の手下が追いすがってくる。すでに撫養も駆け出しているはずだ。

手下から得物を奪うか、と佐之助は一瞬考えた。それはさして難しくはないだろう。

しかし、奪った得物を手に戦ったところで、三人田に叩き折られるのは目に見えている。

叩き折られぬよう工夫して戦うにしても、三人田のすさまじい斬撃をかいくぐって撫養に近づくことができるものか。

できれば勝ち目はあるが、そのあたりは撫養も心得ているだろう。

今日のところは出直すしかない。

心に決めて佐之助は、なおも走った。山門がずいぶん遠く感じられる。

それにしても、やはり三人田はすごい。

それだけしか、今の佐之助が思うことはなかった。あれだけの刀が天下に二振りもあることが信じがたい。

ようやく山門にたどり着いた。謙吉が出ていったくぐり戸を手早く開け、佐之助は身をくぐらせた。背後から、刀が突き出されてきた。手下の一人が追いつき、刺突《しとつ》を繰り出してきたのだ。

それを佐之助はたやすくかわした。だが、それだけでは業腹だ。佐之助は手下の顔を拳で思いきり殴りつけた。

ぐえっ、と蛙のような声を出して、手下の顔がくぐり戸の向こう側に消えていく。

佐之助はくぐり戸を手荒く閉めた。体をひるがえすや三段の階段を、一気に飛び降りる。

直後、くぐり戸が開いた音が聞こえた。そちらに目を向けることなく、佐之助は走りに走った。

今はとにかく、撫養と三人田から遠ざかることが最も大事なことだ。

それにしても、と駆けつつ佐之助はまた考えた。三人田を手にしていたとはいえ、撫養程度の腕の男を凌駕《りょうが》できぬなど、自分の腕はまだまだとしかいいようがない。

三人田を手にした撫養を屠《ほふ》れるだけの腕を、持たなければならない。

そのためにはどうすればよいか。

足を必死に動かしながら佐之助は思案した。

もっと鍛えるのは当たり前だが、それには手立てが必要だろう。

何度も辻を曲がり、いくつもの路地に入り込んだ。人一人がやっと通れるような狭い道にも身を入れた。

情けないが、こうするしか忍びの撫養から逃れるすべはない、と覚っていた。

半間ばかりの幅の路地を出た直後、佐之助は後ろを振り返った。

誰も路地を出てくる者はいない。気配も感じない。振り切ったといえるのか。

あたりには大勢の人が行きかっている。さすがにこれほどの雑踏の中、いくら撫養でも襲ってくることはないのではないか。

佐之助は正直、助かった、と思った。

今はまだ足をゆるめるようなことはないが、さすがに安堵の息が口から漏れ出る。

千勢やお咲希のおかげだ、と佐之助は心の底から思った。

――もしあのとき二人の顔が浮かばなかったら、どうなっていたか。

さすがにぞっとせざるを得ない。撫養のいう通り、弘導寺の薄暗い境内に骸をさらすことになっていただろう。

走るのをやめて、佐之助は足早に歩きはじめた。さして息は切れていない。

――しかし冗談ではないぞ。

撫養に斬られそうになった瞬間を思い出し、顔をしかめる。

――あのくらいであきらめてしまうなど、どうかしておる。俺らしくない。今の俺は秀士館の師範代の地位を得たことで、たるんでおるのではないか。

まちがいなくそうなのだろう。

師範代を今すぐやめようという気はないが、安住することの怖さを佐之助は思い知った気分だ。


面をゆがめた。

――くそう。

知之丞は地団駄《じだんだ》を踏んだ。

――逃がしてしまった。忍びのこの俺が、まさかやつに撒《ま》かれようとは。

倉田佐之助を仕留めれば、湯瀬たちの力は大きく削がれたはずなのだ。

久万年屋にやってきたのが倉田佐之助であることを知ったとき、知之丞はほくそえんだものだ。おのれの腕に無二の自信を抱いているはずの男を、弘導寺の境内に誘い込むのは、さして難しいことではなかったからだ。

配下たちが、倉田に歯が立たないこともはなからわかっていた。少しは倉田を疲れさせることができるかと望んでいたが、結局はなんの役にも立たなかった。

倉田の息はまったく上がらなかった。

しかし、知之丞には三人田があった。相手が凄腕の倉田だろうと、負ける気はまるでなかった。

殺す、と意気込んで倉田と対した。案の定、倉田を押しまくった。窮地に陥った倉田が三人田に折られた刀を投げつけ、さらには脇差を使ってくるであろうことも知之丞はわかっていた。

あと少しだった。倉田を捉えたはずの三人田が空を切ったときは、正直、少なからず驚いたものだ。

あそこまでいって、まさか渾身の斬撃がかわされるとは思いもしなかった。

あの倉田の身のこなしは信じられぬ。

まるで一瞬で体が縮んだように見えた。どうすれば、あんな動きができるようになるものなのか。忍びでも真似できない。

数えきれぬほどの修羅場をくぐり抜けることでしか、体得できないのではないか。

斬ったという手応えがまったくなかったのは、最初、三人田の斬れ味があまりにすごすぎるためだと思った。

しかし、そうではなかった。倉田はものの見事によけてみせたのだ。

丸腰の者が三人田の斬撃をぎりぎりでかわしてみせるなど、奇跡としかいいようがない。

世の中にはすごい男がいるものだ、と知之丞は半ば感心した。

まあ、よい。討てなかったものを悔やんでも仕方ない。次だ。次は必ず討つ。

三人田にそっと手を置き、知之丞は思案をはじめた。

さて、倉田のあとは誰を罠にかけたらよいだろうか。湯瀬か樺山しかおらぬが、いったいどちらが、俺の計略に嵌《は》まりやすいのか。

できれば湯瀬がよい、と知之丞は思った。湯瀬を亡き者にできれば、三人田が我が手に入る。そうなれば幕府覆滅を成し遂げたも同然だ。

もっとも、樺山でも構わない。あの男を始末してしまえば、南町奉行所は大いなる戦力を失うことになるからだ。

おそらく倉田は、今日の一件を湯瀬か樺山に話すだろう。

次にこのあたりにやってくる者が、俺の陥穽《かんせい》に嵌まることになろう。

知之丞はそのときが楽しみでならない。

しかも、それは決して遠い話ではないのだ。

次の獲物こそ、しくじることなくあの世に送らなければならない。

やってやる、と知之丞はかたく決意した。

心に引っかかるのは、倉田によって使える配下がたったの四人にされてしまったことだ。腹心の寺内典兵衛《てらうちてんべえ》や附田丑之助《つきだうしのすけ》も湯瀬によって傷を負わされ、使い物にならなくなっている。

いや、配下など当てにはせぬ。最後の四人もいないよりまし程度のことでしかない。

俺には三人田があるではないか。

この名刀さえ我が腰にあれば、必ずや勝てる。

知之丞はそう信じた。

二

足が重い。

朝一番で富士太郎は珠吉とともに再び小伝馬町の牢屋敷に足を運んだのだが、なんら手がかりが得られなかった。そのことが、足取りを鈍くしているのだ。

富士太郎と珠吉は、定廻り同心の大田源五郎を斬殺した疑いをかけられて、小伝馬町の牢屋敷に入っている南岳真弥斎《なんがくしんやさい》に会いに行ったのだ。

真弥斎の場合、撫養知之丞に薬をのまされて操られたというわけではなく、単に大田源五郎と言い争いをしたところを、おそらく撫養に見られたに過ぎないのではないか。

その上で、いつものようにいぎたなく酔っ払って眠りこけているところに、撫養らが大田源五郎を殺した偽の証拠として、血糊《ちのり》がたっぷりとついた刀を置いたのにちがいあるまい。

大田源五郎と諍いを起こした男がいるとの話を聞いた富士太郎たちは、下手人かもしれないと考えて家に踏み込み、血糊つきの刀を見つけて真弥斎を捕らえていた。迂闊にも、撫養の策にのせられてしまったことになる。

富士太郎がみる限り、真弥斎は濡衣を着せられただけのことでしかない。

それでも、撫養と関わりがあったからこそ大田源五郎との諍いを知られ、血糊つきの刀を部屋に置かれたのではないか。

そう考えて、富士太郎は撫養とどんな関係があったのか、牢屋敷の中で厳しくただしてみたが、真弥斎は情けない顔をして、ただ首を振るばかりだった。

早く出たい、こんなところにいたら死んでしまう、と情けを乞うようにひたすら繰り返すのみだったのだ。

　きっとすぐに出られるよ、無実であることは疑いようがないんだから、と富士太郎がいうと、真弥斎は顔を輝かせて、すぐに出られるというのはまことのことか、ときいてきた。

　まちがいないよ、と富士太郎が答えると、いつ出られるのだ、とすがるような顔でいった。じきだよ、と富士太郎が告げると、無実であるのがわかっているのなら今すぐに出してほしい、こんなところにいるのはもう耐えられぬ、と切々とした口調でいった。

　ずっとこんな調子だったから、真弥斎からは手がかりにつながるような言は、一つも得ることができなかったのだ。

　実際、真弥斎は人相書を見せても、知らぬ男だ、会ったことはない、としかいわなかったのだ。とぼけたり、しらを切ったりしている様子は一切なかった。

　富士太郎には、真弥斎に対してわずかではあるものの期待があった。

　それだけに、なにも得られなかったことに落胆を隠せずにいる。

「旦那、どうかしたんですかい」

　前を行く珠吉が振り向き、きいてきた。

「えっ、なにがだい」

顔を上げ、富士太郎はきき返した。

「いえ、元気がないみたいなんで、気になりやしてね」

「なにも得られなかったからね、ちょっと落ち込んでいるんだよ」

富士太郎は正直にいった。

「旦那――」

珠吉が怒ったような声を発した。

「落ち込んでいる暇なんて、ありゃしやせんぜ。あっしたちの仕事は、ほとんど空振りばかりじゃありやせんか。南岳真弥斎から収穫がなかったからって、気落ちしちまうなんて、旦那らしくありやせんぜ」

「まったくだね」

激しい調子でいわれて、富士太郎はすぐさま反省した。

「こんなことで落ち込んでいたら、撫養知之丞を捕らえることなんかできやしないよ。まったくおいらはなにをしているんだろう。駄目な男だね。腹が立ってならないよ」

「いえ、そこまで自分を責めることはありやせんよ」

「珠吉、おいらが馬鹿だったよ。よし、今から心を入れ替えてがんばるよ。必ず撫養知之丞をふん捕まえてやるからね」

「旦那、その意気ですよ」

珠吉が満面の笑みでいった。

小伝馬町をあとにした富士太郎たちは縄張を目指して歩き続けた。

しばらく富士太郎も珠吉も黙り込み、歩くことに専念していた。

「あれ——」

前を行く珠吉が静寂を破るように頓狂《とんきょう》な声を上げた。

珍しいこともあるものだね、と富士太郎は思い、珠吉を見つめた。

「どうかしたのかい」

「いえ、あれは、倉田さまじゃありやせんか」

顔を上げた珠吉がじっと見ている方向を、富士太郎は眺めやった。

一人の長身の男がこちらに向かって歩いてくる。孤高さにどこか狷介《けんかい》さを感じさせるその姿は、珠吉のいう通り、倉田佐之助でまちがいない。

「ああ、さすがに珠吉は目がいいね。倉田さんだよ」

まだ半町以上離れているが、すでに佐之助も富士太郎たちに気づいているようだ。さらに足早になり、近づいてきた。

佐之助を見やった富士太郎は、ぎくりとした。なにしろ佐之助が腰に帯びているのは、大小ともに鞘だけなのだ。異様な恰好といってよい。

「倉田さん、どうかしたのですか」

一間ほどまで近寄ったところで、富士太郎は声をかけた。

「ああ、ちとあったのだ」

佐之助はかなり疲れているように見えた。汗をひどくかいている上に、目の下にくまができている。ただし、目だけは獣のようにぎらぎらしていた。

――珍しいね、この人がぎらついた目をしているなんて。昔はずっとこんな感じだったけどさ。もしかしたら撫養知之丞とやり合ったのかな。うん、そうかもしれないね。

富士太郎がそんなことを思ったとき、樺山、と佐之助が呼んできた。

「喉が渇いたな。この近くに茶店でもないか」

落ち着いて話せる場所がほしいんだね、と富士太郎は察した。

「確か、あの辻を曲がったところに一軒、ありやすよ」

二十間ばかり先の角を指さして、珠吉が伝える。

「ああ、そうだった。居古井屋《いこいや》さんがあるね。倉田さん、行きましょう」

うむ、と佐之助がうなずいた。ただし、すぐには歩き出さず、富士太郎たちがやってきた方角をじっと見ている。

「倉田さん、どうかしましたか」

富士太郎にいわれて佐之助が軽く首を振る。

「いや、なんでもない」

佐之助が微笑したように見え、富士太郎はそちらを見やったが、誰か知り合いがいるようにも思えなかった。

辻を曲がると、すぐに弓張《ゆみはり》神社という名のこぢんまりとした社《やしろ》がある。古びた木の鳥居の横で、団子と染め抜かれた幟《のぼり》がはためいていた。

一本の杉の大木がそそり立っているが、その陰に隠れるように居古井屋は建っている。

佐之助をいざない、富士太郎は居古井屋の中に入った。

甘い醬油のにおいが漂っている。これは団子のたれだね、と富士太郎は思った。小腹が空いており、食い気をそそられた。

赤い敷物が敷かれた縁台に、富士太郎たちは腰を下ろした。

いったいなにがあったのか、富士太郎はすぐに佐之助にききたかったが、その思いを抑え込み、まずは看板娘に茶と団子を注文した。

ありがとうございます、と頭を下げて看板娘が奥に注文を通しに向かう。

「まずはお茶をもらって、喉の渇きを癒やしましょう」

富士太郎がいうと、佐之助がにやりと笑ってみせた。

「気を使わせてすまぬ」

「いえ、当たり前のことですよ」

お待たせしました、と看板娘が茶と団子を持ってきた。富士太郎たちの横に手際よく置いていく。

ごゆっくりどうぞ、と一礼して看板娘が目の前を去った。

「では、いただくとするか」

湯飲みを手に取り、佐之助が茶を喫した。喉仏が上下に動く。うまいなあ、としみじみした口調でつぶやいた。

富士太郎たちも茶を飲んだ。

「樺山、珠吉」

湯飲みを右手で握り締めて、佐之助が呼びかけてきた。

「なにがあったか、話そう」

はい、と答えて富士太郎は背筋を伸ばした。珠吉も同じ姿勢を取る。

もう一口茶を飲み、唇を湿らせてから、佐之助が語りはじめた。

なんと。聞き終えて富士太郎は驚くしかなかった。珠吉もびっくりしている。

佐之助は、撫養知之丞及びその配下たちと弘導寺という寺の境内で戦ったというのだ。その上で、撫養が持つ三人田に佐之助は愛刀を叩き折られたのだ。

それで大刀がないんだね。でも脇差はどうしたのかな。

その脇差のことにも佐之助が言及する。

「脇差は三人田に払われて、どこかに飛んでいってしまった」

悔しげにいって、佐之助が団子に手を伸ばした。団子を口に入れ、咀嚼《そしゃく》する。

「ああ、そうだったのですか」

ため息とともに富士太郎はいった。

「しかし、三人田というのは、やはりすごい威力を秘めているのですね」

「まったくもってその通りだ」

実感のこもった顔で佐之助が同意する。

「ゆえに、背後から三人田に狙われてかわしきったおぬしはすごいの一言だ」

あのとき、どうして三人田の斬撃をかわすことができたのか、今もって富士太郎にはわけがわからない。なにがしかの奇跡が起きたとしか考えようがなかった。

「はあ、そうなんでしょうか」

「まぐれで三人田はよけられぬ」

謙遜《けんそん》でなく富士太郎はいった。

「まぐれですよ」

「あの、倉田さん、ちょっとききにくいのですが――」

「樺山、おぬしの思う通りよ。得物を失い、俺はひたすら逃げるしかなかったのだ」

富士太郎がなにを知りたいのか、佐之助が先読みして答えた。

「撫養を捕らえる絶好の機会を逸し、おれはおめおめと逃げたのだ。いまだ鎌幸を助け出せずにおるのだ」

「でも、こうして生きておられて、それがしは本当によかったと思いますよ」

嘘偽りなどではなく、富士太郎は真実の思いを吐露《とろ》した。今は、佐之助の笑顔を見られて本当にうれしく感じる。

「あっしもそう思いやす」

富士太郎の横で珠吉が力強くいう。

「倉田さま、やられたら、次にやり返しゃあいいんですよ」

富士太郎と珠吉を見て、ふっ、と佐之助が笑った。

「実をいえば、生きていてよかった、と俺も心の底から思っておるのだ」

千勢さんやお咲希ちゃんのことを考えているんだろうね、と富士太郎は思った。佐之助は夫であり、父なのだ。妻子を残して、たやすく死んでいいものではない。

「樺山、珠吉。おぬしたちも気をつけたほうがよい。撫養は樺山も狙っておるゆえ」

「それはよくわかっております」

富士太郎は少しうつむいた。

用心棒役をつとめてくれた琢ノ介のことが思い出される。

――琢ノ介さん、もう目を開けたなんてことはないかな。あったらいいのに。

「平川はどうしておるかな」

低い声でいって佐之助が遠い目をした。

「今頃、生き返ってくれていたらよいが」

「倉田さん、琢ノ介さんは別に死んだわけじゃありませんよ」

「むろん、わかっておる。死んだように眠っておるだけだ。しかし、大丈夫だろう。平川琢ノ介という男は、おとなしく畳の上で死ねるような男ではない」

「琢ノ介さんは戦いの中で死ぬのですか」

「俺はそんな気がしておる」

あのときだって、と富士太郎は襲撃された晩のことを思い返した。三人田を手にした男が相手だったではないか。琢ノ介がやり合い、死んでいても決しておかしくはなかった。

「やつは人情に厚い。そのせいで、寿命を縮めることになるやもしれぬ」

「下手に用心棒など頼めませんね」

「そのときはそのとき、天命に従うしかない。――それよりも樺山、頼みがあるのだが」

声をわずかに高くして佐之助がいった。覚悟を決めたような顔つきをしている。

「なんでしょう」

ごくりと唾を飲んで富士太郎はきいた。

「久万年屋に行ってほしいのだ」

「ああ、撫養知之丞があるじだという薬種問屋ですね。店の者にそれとなく事情をきけばよろしいのですか」

「古笹屋によれば、久万年屋は至極真っ当な店らしい。おそらく切り盛りしているのは練達《れんたつ》の番頭で、撫養が裏でなにをしているのか、知らぬのではないかと思える」

「一味ではないというのですね」

そうだ、と佐之助がうなずいた。茶や団子のおかげか、その顔にはだいぶ生気が戻ってきている。

「そこで樺山、実はな――」

「なんでしょう」

「心して聞いてほしいのだが」

はい、と富士太郎が答えると、佐之助が端整な顔をそっと近づけてきた。

路地は、仕舞屋らしい建物の横にひっそりと口を開けていた。

富士太郎と珠吉は、ためらうことなく入っていった。

路地はひどく暗い。おそらく晴れていても日がほとんど射し込まないのだろう。

「珠吉、この路地は初めて来たねえ」

前を行く珠吉に富士太郎は、ひそやかに語りかけた。声を低くしたほうがいいような雰囲気がこの路地にはある。

「ええ、さいでやすね」

珠吉も押し殺した声で返してきた。

「長年、見廻りをしている縄張内といっても、まだまだ足を踏み入れていないところがあるんでやすねえ」

湿気の吹きだまりとなっているような路地をしばらく進んで、富士太郎と珠吉は足を止めた。

「ここだね」

富士太郎の目の前に、一軒の商家が建っている。

「ええ、まちがいありやせんや。久万年屋と看板が出ていやすよ」

しかし、と富士太郎は久万年屋の建物を見つめて思った。よくこんな薄気味の悪い路地に店を構えたものだね。縄張を知り尽くしているはずのおいらたちが知らない場所に建てるだなんてさ。

見廻りの道筋は決まっているから仕方ないとはいえ、腑《ふ》に落ちないような気がする。

あれ、と久万年屋のほうを見つめて富士太郎は思った。どこにも蔵が見当たらないね。

不意に背筋に悪寒《おかん》が走り、富士太郎は馬のようにぶるぶると首を振った。背筋を伸ばして、しゃんとする。

「よし、珠吉、さっそく話を聞くよ」

「承知しやした」

元気よく答えて珠吉が暖簾を払う。

「ごめんよ」

富士太郎は珠吉の後ろに続いた。

細長い土間に二人は立った。一段上がった座敷には客はおらず、がらんとしていた。

奥の壁に沿って、薬がおさめられているらしい大きな棚が置いてあり、二人の奉公人らしい男がなにやら熱心に話し合いながら、数え切れないほどの引出しを開けたり、閉めたりしている。

その二人は、富士太郎たちがやってきたことに気づいていない。

内暖簾が上がり、新たな奉公人が座敷に姿を見せた。あっ、と声を上げ、富士太郎たちを認める。

「おまえたち、お客さまがいらしているよ」

棚の前にいる二人を叱りつけてから、男が富士太郎たちの前にやってきた。もみ手をしている。

「これはお役人。お待たせしてしまい、まことに申し訳ありません」

男は番頭だろうか。あまり顔色がいいとはいえない。

こんなところで商売していたら、と富士太郎は思った。健やかでいられるはずがないね。

「いや、いいよ。ずいぶん忙しそうだね」

「いえ、さほどでもないのですが」

皮肉をいわれたと思ったのか、番頭らしい男が困ったような顔を見せる。その物腰は、実直な商人そのものといってよい。

「番頭さんかい」

「さようにございます」

ほっとしたように男が答えた。

「手前は留助《とめすけ》と申します。どうぞ、お見知り置きを」

富士太郎も名乗り、珠吉を紹介した。

「畏れ入ります」

留助が頭を下げた。

「それで、お役人。今日は」

留助に用件をきかれ、うん、と富士太郎は顎を引いた。

「この店のあるじに会いたいんだけど」

「申し訳ございません。旦那さまは出ておるのですが」

そうであろうことは、はなから予測がついていた。佐之助を罠に引き込むためにこの店を出て、それから帰ってきていないのだろう。

「いつ戻るんだい」

「さあ、それがわかりません」

困惑したように留助が答える。

「どこに行ったんだい」

「すみません。それもわかりかねます」

目に力を込めて富士太郎は留助を見つめた。留助が表情をかたくする。

どうやら、と富士太郎は思った。知っていてとぼけているわけではなさそうだね。本当に知らないようだよ。

「あるじはなんという名だい」

撫養知之丞という本名を名乗っているのだろうか。だが、それはあり得ないような気がした。

今になってそんなことを問われるとは思っていなかったらしく、留助が面食らったような顔つきになった。

「は、はい、小六と申します」

久万年屋小六か、と富士太郎は思った。阿波徳島の蜂須賀家の始祖は小六という通称だったはずだ。

「あるじは一人で出かけたのかい」

「さようでございます」

「いつ出かけたんだい」

「一刻ばかり前でございます」

「出かける前にあるじを訪ねてきた者があったかい」

「あのう……」

どこかいいにくそうに留助がいった。

「どうして旦那さまのことを、根掘り葉掘りおききになるのでございますか」

「おまえの旦那は、悪事に手を染めているからだよ」

遠慮会釈なしに富士太郎はずばりと告げた。

「ええっ」

留助だけでなく、薬棚のそばにいた二人の奉公人も驚いたようだ。目をみはって富士太郎を見ている。

「どのような悪事でございますか」

頬を引きつらせて留助がきく。

「それはまだいえないんだ。おいらの問いに答えてくれるかい」

「は、はい、承知いたしました」

喉仏をごくりと上下させて、留助がうなずいた。

「旦那さまが出かける前にどなたか訪ねてこなかったか、でございましたね」

確かめるようにいって、留助が考え込む。

「はい、お一方、いらっしゃいました。ご浪人とおぼしきお人でございます」

撫養の手下だね、と富士太郎は思った。佐之助がこの町に入ったことを知らせに来たのであろう。

「知った者かい」

「いえ、初めて見るお人でございました」

そうかい、と富士太郎はいった。やはりこの店の者は撫養の悪事に荷担しているということはなさそうだね。

「あるじにお内儀はいるのかい」

「いえ、おりません」

「留助。この店は相当の商売をしているように見えるのに、蔵はないのかい」

「ええ、ございません」

「なぜだい」

「こちらに金目の物はいっさい置いていないものですから」

「それは珍しいんじゃないかい。どういうことなんだい」

「手前どもは、旦那さまに売上のすべてを渡しているからでございます」

「えっ、そうなのかい」

「十日に一度、旦那さまは帳簿を見にいらっしゃいます。そのときに一緒に売上も持っていかれます」

「今日は、その帳簿の日だったのかい」

「いえ、ちがいます」

すぐさま留助がかぶりを振る。

「帳簿は、つい三日前に見にいらしたばかりでした。それなのに、今日もいらっしゃったので、手前はびっくりいたしました」

古笹屋の筋から久万年屋を調べにやってくる者を待ち受けるために、撫養は予定のない日にわざわざこの店に足を運んだのだろう。先ほど佐之助から聞いた話と符合している。

「ところで、あるじはどこに住んでいるんだい。おまえさんは知っているかい」

富士太郎は新たな問いを放った。留助がすまなげな顔になった。

「申し訳ないのですが、手前は旦那さまの住まいは存じ上げません」

留助がこうべを垂れる。すぐになにか思い出したように顔を上げた。

「しかし旦那さまから手前は、もしこの店に自分を訪ねてくる者があれば、さる場所を教えるように、と命じられております」

なんと、と富士太郎は瞠目した。ちらりと佐之助の顔が頭をよぎる。

「さる場所というのは、どこのことだい」

はい、と頭を下げた留助が口にしたのは、三輪町《みのわちよう》である。江戸にしては、かなりの田舎《いなか》といってよい。

「そこに、あるじはいるかもしれないんだね」

「正直、手前はしかとは存じ上げません。とにかく、その場所を教えるようにとだけいわれております」

どこか言い訳するように留助が話した。

「わかった、三輪町だね。さっそく行ってみるよ」

道順をきいた富士太郎は暖簾を外に払った。珠吉が先導をはじめる。

慎重に歩みを進めていた珠吉が、静かに足を止めた。

「あの家じゃ、ありやせんかね」

珠吉が目を向けているのは、半町ばかり先にある一軒家である。

大木が入り混じった林を背負っており、そのほかの三方は畑に囲まれていた。

どこか肥《こえ》のにおいがしている。

淡い光の中、何軒かの百姓家が散見でき、這いつくばるようにして働いている百姓衆の姿を見ることもできる。

一軒家に近づいてみると、敷地だけで五百坪は優にあるのが知れた。

こいつはまた広いね、と富士太郎は思った。しかし、田舎に来れば、このくらい当たり前のことかもしれない。

家はひっそりとしており、ぐるりを巡っている瓦つきの塀はところどころ塗りが剝げ、瓦も落ちていた。

「空き家のようでやすね。旦那、どうしやすかい。中に入りやすかい」

珠吉が張りのある声できいてきた。

「珠吉、そんな大きな声を出しちゃあいけないよ」

「すいやせん」

珠吉が頭を下げる。

「珠吉、ここまで来て戻るなんてできやしないよ」

「それはそうでやすね。旦那、正面から行きやすか」

「うん、おいらはそのつもりだよ」

塀越しに母屋が見えている。それを横目で見つつ塀沿いに進むと、くぐり戸が設けられていた。富士太郎たちはその前に立った。

「珠吉、行くよ」

へい、と珠吉が元気よく答える。

「ごめんよ」

富士太郎はくぐり戸を押した。すると、戸が音もなく開いた。

手入れのまったくされていない庭が見えている。雑草は伸び放題で、すぐそばに置いてある半畳ほどもありそうな大きな庭石には、おびただしい鳥の糞がついていた。

「おっ、珠吉、これは入ってくれっていうことだろうね」

開いた戸を見て、富士太郎はきいた。

「そういうことでやしょう」

珠吉が少しかたい声音で答える。

「では、入らせてもらおう」

「そういたしやしょう」

果たして撫養はいるのか。

気配を嗅いでみたが、富士太郎にはわからなかった。

ただし、妙な雰囲気が漂っているような気はした。

母屋を目指し、すり切れた丸い敷石の上を富士太郎は珠吉と一緒に歩いた。

本当にここに撫養はいるのだろうか、と富士太郎は考えた。

母屋はすべての雨戸ががっちりと閉まっており、中に入るには、どれか一枚をこじ開けなければならない。

最近、雨戸が無理に開けられたような形跡はみられない。

どこかで撫養はおいらたちを待ち構えているんじゃないのかい。

心中で首をかしげつつ、富士太郎は珠吉とともに母屋の裏手に回ってみた。こちらにも庭が広がっている。

雨戸が一枚、外されているのが見えた。富士太郎はそこから薄暗い母屋の中をのぞき込んだ。

あっ、と声を上げた。濡縁《ぬれえん》のついた座敷の中央に、一人の男が腕組みをして立っていたからだ。

初めて見る顔だが、富士太郎にはそれが撫養知之丞だとすぐにわかった。佐之助から渡された人相書に描かれた男と同一だったからだ。撫養らしい男は三人田とおぼしき刀を帯びている。

あれが邪悪な三人田だね。富士太郎は、ごくりと唾を飲み込んだ。

「撫養だね」

長脇差をいつでも抜けるように富士太郎は鯉口を切った。

「おぬしが樺山富士太郎か。何度か顔を拝ませてもらっておるゆえ、初めて話すという気がせぬな」

やはり、こいつがおいらを襲ったのかい、と富士太郎は納得した。

撫養は、南町奉行所きっての剣の遣い手である青口誠左衛門を使って、富士太郎を殺させようとしたのだ。こちらの顔を知らないはずがなかった。

富士太郎の脳裏に、青口の無残な死顔が浮かんできた。青口は奉行所の揚屋の中で、帯を使って首を絞め、自死してのけたのである。

あれは本当に自死なのだろうか、と富士太郎は思った。撫養が手にかけたなどということはないだろうか。

しかし、いくら撫養に操られたとはいえ、富士太郎を路上で斬り殺そうとした以上、青口は定廻り同心を罷免《ひめん》されることは避けようがなかっただろう。

撫養の狙いは、南町奉行の朝山気に入りの同心を送り込むことであろう。青口が定廻り同心を外れることで、すでに狙いは達しているといってよいのだ。わざわざ揚屋に忍び込んで、青口を殺す理由がない。

「ところで樺山、倉田佐之助はどうした。一緒ではないのか」

撫養がきいてきた。

――やっぱりこいつ、おいらに倉田さんがついてきていることはわかっていたようだね。それも当たり前だよ。わからないほうがどうかしているよ。

「いるに決まっているよ。もうそのあたりまで来ているんじゃないのかい」

撫養の目が動き、富士太郎と珠吉の背後を見た。おどけたようにいう。

「おう、本当に来ておるではないか」

ちらりと富士太郎が横を向くと、佐之助の姿が目に入った。

身じろぎせずに佐之助は撫養をにらみつけている。火が噴き出すのではないかと思えるほどの瞳をしていた。

「倉田、刀はどうした。ちゃんと差しておるではないか」

撫養のいう通り、佐之助は大小ともちゃんと腰に帯びている。拵えと鞘が変わっているから、新たな刀を武具屋で買い求めたのかもしれない。

「湯瀬はどうしておる」

「俺にいっているのか」

佐之助が撫養にきき返した。

「別に樺山でもよいのだが」

「直之進さんかい。さあ、どうしているのかな。おまえさんを捜すのに忙しいのは確かだろうけど、今どこでなにをしているのか、おいらは知らないよ」

直之進さんは今どこにいるのだろう、と富士太郎は考えた。佐之助だけでも十分に心強いが、もしこの場に直之進がいたら、まさに百万の援軍を得た思いだろう。

腰のあたりにしびれを覚えた。

なんだ、と思って目をやると、三人田が細かく揺れ動いていた。

直之進は歩みを止め、三人田を見つめた。

これはいったいどうしたのか。

すでに直之進は瓦つきの塀を乗り越え、敷地内に侵入していた。母屋の屋根が

すぐ近くに見えている。

右手から富士太郎の声がし、撫養のものらしいくぐもった声も耳に届いた。次

いで、佐之助の低い声も聞こえた。

撫養は、おそらく三人田を帯びているのだろう。直之進の差している三人田は、撫養の三人田に呼びかけでもしているのではあるまいか。

母屋に向かって歩を進めるうちに、直之進の三人田の振動は大きくなっていくのだ。まるで生き別れの兄弟に会ったかのような喜びの思いが伝わってくる。

とにかく今は、と直之進は気持ちを入れ直した。撫養を捕らえることに全力を挙げねばならぬ。


撫養は腕組みを解かず、泰然とした態度を崩していない。

まったく小憎らしい野郎だ、と佐之助は思った。

撫養は佐之助に目を据えて、薄笑いをこぼしている。

捕らえてやる。

地面を蹴り、佐之助は一気に母屋に上がった。遅れじとばかりに富士太郎と珠吉もついてきた。

抜刀しつつ座敷に躍り込み、佐之助は撫養を間合に入れた。

刀を振り下ろしていく。撫養が三人田を引き抜き、佐之助の斬撃を弾き返そうとした。

また刀を叩き折られてはかなわない。佐之助はすっと引いた刀を、撫養の胴に向けて払っていった。

だが、斬撃は空を切った。横に動いた撫養は佐之助を無視するように富士太郎に襲いかかったのだ。

まずい、と佐之助は思った。富士太郎が長脇差で三人田の斬撃を受けようとしていた。長脇差は竹光《たけみつ》のように切断され、三人田は富士太郎の頭蓋をすぱりと斬り割るだろう。その光景が佐之助には見えるようだった。

佐之助は刀を伸ばした。

強烈な打撃が手に伝わってきた。またも刀が折れた。

それだけではとどまらず、富士太郎の長脇差も叩き折られた。

佐之助が刀を差し出したために、そこまでですんだ。富士太郎の頭が割られるようなことはなかった。

「大丈夫か、樺山」

「大丈夫です。おかげで助かりました」

「礼はあとだ」

気づくと、撫養の姿が消えていた。

撫養は母屋を出て、庭に降り立ったところだった。追いすがろうとしたが、その前に雨戸が閉められた。

佐之助は雨戸に取りついた。だが、開かない。がっちりと閉まっている。まるで釘でも打ちつけたかのようだ。

ごうごうという音が聞こえてきた。

「火をつけたか」

佐之助はつぶやいた。

「早く出ましょう」

富士太郎が雨戸を叩いた。だが、分厚い板が用いられているようで、びくともしない。

佐之助は脇差を使って雨戸に斬りつけた。だが、脇差が弾かれるほどの堅い板が用いられていた。煙が、さざ波のように母屋内に入り込んできた。

座敷に戻り、佐之助は畳を上げた。あらわれた板を持ち上げようとしたが、太い釘がいくつも打ち込まれ、がっちりと固定されている。その上こちらも雨戸と同じ板が使われているようだ。脇差の刃も立たない。

ごうごうという音が強くなり、佐之助は熱さを感じはじめた。

このままでは本当に焼け死ぬな。と思ったところにいきなり雨戸が轟音とともに破られた。一つの影が渦巻く煙とともに飛び込んできた。

「倉田、富士太郎さん、珠吉」

叫んだのは直之進だ。

「ここだ」

「無事か」

「ああ」

佐之助たちは直之進に駆け寄った。直之進は三人田を手にしている。この名刀ならば、斬り割れない板などこの世になかろう。

「さすが三人田だ」

「早く出よう」

直之進にいわれ、佐之助たちは外に出た。火は激しくなっていたが、着物や髪が焦げるほどではなかった。

「撫養はどうした」

庭に立ち、佐之助は直之進にきいた。

「近くにいるようだ」

「わかるのか」

「三人田が教えてくれる」

佐之助は、直之進が握っている刀を見つめた。細かく震えているのがわかる。

「刀身が気持ちを高ぶらせているように見えるぞ」

「まさしくその通りだ」

「生きておるのか、三人田は」

「そういうしかあるまいな」

直之進の目が一点に据えられた。佐之助はそちらを見た。

築山《つきやま》の陰に撫養が立っていた。距離は十間ばかりだ。

「湯瀬、三人田を貸してくれぬか」

直之進を見て佐之助はいった。

「それはかまわぬが……」

直之進が語尾を濁す。二振りの三人田がそろうと、いったいどのようなことになるのか、案じている顔だ。

「しかし今は撫養を捕らえるのが先だな」

自らにいい聞かせるようにいった直之進が、

「わかった。使ってくれ」

と三人田を手渡してきた。

三人田を握った佐之助は撫養に向かって走り出した。十間の距離を一気に詰める。

撫養を間合に入れるや、佐之助は三人田を振り下ろしていった。

信じられないほど斬撃が速い。まるで自分が別人になった気分だ。

——こいつは。

それきり声が出ない。

かろうじて撫養が後ろに下がり、斬撃をかわす。

佐之助は突進した。突きを見舞う。大技だが、三人田の突きを佐之助は目の当たりにしたかった。

すごい伸びを見せた。まるで名槍《めいそう》のようで、佐之助はしびれた。

それもかろうじてかわしてみせたものの、撫養の体勢はあっけなく崩れていた。

三人田を手にした者同士では、佐之助と撫養の腕の差は明らかだった。

もうあとほんの数瞬で、撫養は体のどこかを斬られるのがはっきりしていた。足か肩か腕だろう。どこを斬られても、撫養が戦う力を失うのは、わかりきったことだ。

すでに佐之助の中で撫養を捕らえられるのは時の問題でしかなかった。

それを覚ったか、いきなり撫養が体をひるがえした。

一目散に逃げていく。

佐之助は追いかけた。

だが、忍びの足に追いつけるはずがなかった。ほんの二町ほど追ったところで、撫養を見失ってしまった。

くそう。

佐之助は地団駄を踏んだ。

自分が情けない。

やつが逃げることを、まったく頭に入れていなかった。三人田を使っての戦いに、ひたすら陶酔《とうすい》してしまっていた。

それがこの始末だった。

昔なら切腹ものだ、と佐之助は思った。

このしくじりはいずれ取り返すしかない。だが、当分のあいだ、引きずりそうだった。

三

唇から血が出てきたのを知之丞は知った。

悔しさからあまりに強く嚙みすぎたのだ。

血の味が口中に広がる。

くそう、と走りながら知之丞はつぶやいた。

俺は罠にはまったのだ。

富士太郎と珠吉、佐之助の三人を母屋に呼び込み、雨戸を閉め切って閉じ込めるのには成功した。

その上で母屋に火もかけた。

ここまでは手筈通りだった。戯作者を目指す者が描いた筋書と、寸分たがわずに進んでいたのだ。

しかし、あの場に湯瀬があらわれたことで目算が狂ったのだ。

しかも、怒りに燃える倉田に、湯瀬がもう一振りの三人田を渡したことで、さらに形勢が不利になった。

撫養はまさに押しまくられた。腕のちがいを倉田に見せつけられたのだ。倉田佐之助は恐ろしいほどの遣い手だった。

俺はただ、三人田の強さに頼っていたに過ぎぬ。同じ出来の刀同士の戦いになれば、素の腕前が出てしまう。

まさに完敗だった。知之丞は逃げるしかなかった。

まったくなんと情けないことよ。

そう思ったが、今はこうして命があるだけまだましだろう。

生きていさえすれば、目的は必ず達成できる。

撫養は一軒の武家屋敷にやってきた。

ここは以前、さる旗本家の下屋敷だった。

しかし、取り潰しに遭い、当主がこの屋敷で切腹した。以来、当主の幽霊が出るという評判で、ずっと空き屋敷のままだ。人も寄りつかない。肝試しをするような愚かな輩もいない。

公儀には、明屋敷番《あけやしきばん》という職務がある。空き家となった旗本や御家人の屋敷を見廻り、異状がないか調べることを役目としているのだが、その者たちにも薬をのませて術をかけ、撫養はこの屋敷を調べさせないようにしてあるのだ。

しかし、ここも今日を限りに退去しなければならない。

庭の老欅の陰に隠れるようにして建つ小屋の前に立った。この小屋は前の持ち主である旗本家がつくったものらしい。戸口の錠前を外し、ひどく重い戸を開けた。

「鎌幸、出てこい」

中に声をかけた。

のろのろとした動きで鎌幸が立ち上がった。

「どこかに移るのか」

「そうだ。出ろ」

「どこへ行くのだ」

鎌幸がきいてきた。

「おぬしが知る必要はない」

「相変わらず身勝手だな。教えてくれてもよいではないか」

「うるさい」

知之丞は、鎌幸の横っ面を張りたいとの思いをなんとか押し殺した。いや、引っぱたいてやればよかった。

俺はどうやら育ちがよすぎるようだ。

「鎌幸よ、妙な気を起こすなよ。俺は面倒はきらいゆえ、今度は本当に殺すかもしれぬぞ」

「わかった。なにもせぬ」

鎌幸を引きずるようにして知之丞は表門のところまでやってきた。

「しばらくおとなしくしておれ」

知之丞は鎌幸に当身《あてみ》を食らわせた。不意を衝かれた鎌幸はあっさりと気を失った。

知之丞は鎌幸をおぶった。門を出て、道を歩きはじめる。

四半刻後、一軒の屋敷に鎌幸を連れてやってきた。

嗅ぎ慣れたにおいがしている。

ここはやはり落ち着くな、と知之丞は思った。しかし、のんびりしているわけにはいかない。

もはや、鎌幸と三人田を交換するしか手は残されていない。

二振りの三人田を我が物にするには、これしかない。

鎌幸を殺さず、生かしておいたのは結果としてよかったのだ。

だが、その前に知之丞にはすべきことがあった。危険はあるが、どうしてもやっておきたいのだ。

これをしてのけたことで、なにか意味があるかと問われれば、意味などない、と答えるしかない。

しかし、知之丞としては、どうしてもやっておきたかった。

やるしかないという気分である。

まだ気絶したままの鎌幸を、知之丞は納戸《なんど》に押し込めた。戸口に錠を下ろし、開かないことを確かめる。

これでよし、と思った。憂いはない。

しかし、まだ外出するには刻限が早い。

自室に行き、知之丞は刀架に三人田を置いた。眠れるかどうかわからなかったが、寝床をしつらえ、横になった。

少しでも疲れを取りたいとの気持ちがある。

目を閉じ、気分をできるだけ安らかに保つことを考える。

そうしていれば、きっとすぐに眠りに誘われよう。


はっ、として目を覚ました。

かなり眠っていたようだ。

部屋の中には薄闇が居座りはじめている。

よし、行くか。知之丞は立ち上がり、三人田を腰に帯びた。

供を連れることなく知之丞は屋敷を出た。

もっとも、二十人以上いた配下は、あらかたやられてしまった。命は取られていないものの、もはや戦える者は一人もいないのだ。腹心の寺内典兵衛もすでに使い物にならなくなっている。

これからは一人でやるしかない。

決意をかためた知之丞は、脇目も振らずに小日向東古川町にやってきた。

日はとうに暮れ、闇色が濃くなっている。

夜陰《やいん》に身を紛らわせて、知之丞は目当ての米田屋に近づいていった。

壁にぴたりと貼りついて中の気配を嗅ぐ。

知之丞はにやりと笑った。

まだ夜が早いために人は起きているらしい。しかし人声は届くが、案の定、米田屋に湯瀬や倉田はいないのだ。あの二人が放つ強烈な気配は漂っていない。

この家には、用心棒となるべき者は一人もいないのだ。

確信した知之丞は軽く息を入れ、心気を統一した。

よし、行くぞ。

店の壁を伝い、屋根に上がった。

天井裏から中に忍び込むつもりでいる。

第四章

一

あまり眠れなかった。

悔しさが募ったせいだ。

こらえきれず、直之進はため息をついた。

せっかく撫養を追い詰めたというのに、逃がしてしまった。

撫養は、三輪町の空き家に俺が来ていることまでは気づいていなかった。捕らえるには絶好の機会だったのだ。

それなのに逸した。

くそう——。

直之進は目を閉じた。

今の刻限はよくわからないが、もう少し眠っておいたほうがよかろう、と判断した。寝不足は体をひどく重くさせる。また今日も撫養との対決があるかもしれないのだ。万全の態勢で臨んだほうがよいに決まっている。

直之進は横に手を伸ばした。しかし、誰もいない。

おきくと直太郎は米田屋に行っているのだ。そのほうが安全だろうから、直之進としても安心だ。

それにしても、と思う。おきくと直太郎のいない暮らしは侘《わび》しいものだ。


いつしか眠っていた。

次に目を覚ましたときには、外から鳥の声が聞こえていた。

少し眠りすぎたようだ。

すっくと立ち上がり、直之進は庭に面した腰高障子を開けた。

庭は明るさに満ちていたが、それは暗い寝間から急に目を向けたせいだったようだ。相変わらず大気はひどく湿っており、太陽の姿は厚い雲に隠れている。

三人田と脇差を腰に帯び、台所に向かう。顔を洗ってさっぱりしたところで、秀士館の敷地内にある食堂に行った。給仕役の者に朝餉を頼む。

朝餉は決まった献立《こんだて》のものが一種類だけだが、味はよい。

おきくがいれば、ここを使うことはまずないが、独り身の教授方のために、大左衛門が食事処を設けてくれたのだ。

こうして独り身に戻ったとき、ひじょうに助かる。食材にかなり気を使っているのがよくわかる献立の上、教授方は無料というのは素晴らしいとしかいいようがない。

うまいな、を連発して直之進が朝餉を終えたとき、ふらりと食堂に入ってきた一つの影があった。

「倉田――」

直之進は声をかけた。

おう、と直之進を認めた佐之助が手を上げ、近づいてきた。土間で雪駄を脱いで座敷に上がり、直之進の向かいに腰を下ろす。

「倉田、今朝はここで食事か」

「ああ、家にいても飯が喉を通りそうになかった」

佐之助は沈痛な面持ちだ。

「倉田、元気がないようだな」

「なにしろ俺のせいだからな」

端整な顔をゆがめて、佐之助がぽつりとつぶやく。

「昨日のことをいっているのか。倉田、そのようなことはないぞ」

強い口調で直之進は否定した。

「撫養を逃したのは確かに痛い。だが、あれは誰のせいでもない。現に俺だってしくじりはあった。倉田、昨日はまだ撫養を捕らえるには機が熟していなかったと考えるべきだ」

「だが、鎌幸のことを思うと、なんとしても撫養を捕らえたかった」

「鎌幸には気の毒だが、あいつはあれでなかなかたくましいからな。きっと大丈夫だ。今も生きている」

確信を持って直之進はいった。あの男がたやすくくたばるはずがないのだ。琢ノ介と同じく、ぶっとい魂を持つ男であると直之進は感じている。

「そう願いたいが」

直之進は、佐之助の背中をどやしつけたくなった。だが、そうするわけにもいかず、

「倉田、飯を食べて元気をつけろ」

「うむ、そのつもりでここに来たのだ」

　佐之助が、ふっと小さく笑った。

「倉田、なにがおかしい」

「なに、まさかこの俺が湯瀬から励まされる日がこようとは、と思って少しおかしかったのだ」

「なるほど。だが、おぬしだって俺を励ましてくれたことがあるぞ」

　佐之助が意外そうに目を丸くする。

「ほう、そんなことがあったか」

「あったさ。倉田、忘れたか」

「あまり覚えがないが。——湯瀬はもう飯を食ったのだな」

「うむ、食べ終えた。だが、おぬしが食べるのをここで待っててやろう」

「いらぬ」

　にべなく佐之助がいった。

「男たる者、おなごのするようなことをせずともよい。今日も撫養の探索だ。湯瀬、それなりに支度があるであろう」

「まあ、そうだな。では、お先に失礼して支度をするとしようか」

「それがよい」

ちょうど給仕役の男が佐之助に膳を持ってきたところだった。

「うまいぞ、倉田、楽しんでくれ」

「うむ、わかった」

直之進は食堂を出て、自分の家に戻ろうとした。

そのとき、二人の男が急ぎ足で秀士館の門を入ってきたのを認めた。二人とも、人を捜しているような素振《そぶ》りをしている。

「あれは……」

二人は、三河島《みかわしま》村の鎌幸の刀工房で暮らす貞柳斎と迅究の親子だった。すぐに近寄っていき、直之進は声をかけた。

「ああ、湯瀬さま」

ほっとしたように迅究が声を発した。直之進は二人の前に立った。

「どうしたというのだ、こんなに早く」

「実は、こんなものが夜明け前に投げ込まれてのう……」

貞柳斎が懐から差し出してきたのは、一通の文だった。湯瀬殿、と宛名が書いてあるのが見えた。

俺宛か、と直之進は意外だった。

「工房に俺宛の投げ文があったのか」

差出人の名はないが、誰の文なのか考えるまでもなかった。どうせ、撫養知之丞に決まっている。

「読んでもよいかな」

「もちろん。湯瀬どの宛じゃからの」

すぐに文を開き、直之進はその場で読みはじめた。

ほんの数行しか文にはなかった。

鎌幸と交換するゆえ三人田を持って一人で来い、と最初に書いてあり、そのあとに、谷中片町の撫養屋敷にて本日朝四つに待つ、と記されていた。最後は、他言無用、もし誰かに漏らしたら鎌幸の命はない、という言葉で締めくくられていた。

三人田と鎌幸の交換か、と直之進は思った。これ以上ない申し出ではないか。

やはり鎌幸は今も生きているということだ。

今度こそ撫養を捕らえ、同時に鎌幸を救い出さなければならない。

それにしても、と直之進は文を見つめて思った。谷中片町の撫養屋敷か。

あの広大な屋敷に、撫養は鎌幸とともにひそんでいたのか。撫養が一度放棄した場所に再び戻ってくるとは考えもしなかった。迂闊だったとしかいいようがない。

文から顔を上げ、直之進は貞柳斎と迅究に目をやった。

「食堂に倉田佐之助がいる。この文を見せてもよいかな」

「もちろんじゃ。繰り返していうが、文は湯瀬どのの宛じゃからな。湯瀬どのの勝手にすればよいのじゃよ」

貞柳斎がまじめな顔でいった。

「それに、その文には他言無用とあるが、もうわしが一番初めに読んでしまったからの。すでに他言無用もへったくれもないわ」

直之進たちは連れ立って食堂に向かった。

江戸っ子らしく早飯なのか、佐之助はすでに食事を終えていた。なにか考え事をしているのか、じっくりと茶を喫する風情だ。

「どうした」

顔を上げて、佐之助が直之進に声をかけてきた。

「これを読んでくれ」

直之進が差し出した文を佐之助が受け取り、目を落とす。

「ふむ、こいつは願ってもないことだな」

顔を上げていった。

「撫養を捕らえる絶好の機会が巡ってきたようだ」

「俺もそう思う」

「湯瀬さま、その三人田を撫養知之丞に差し出すのですか」

心配そうに迅究がきいてきた。両の瞳が直之進の腰に当てられている。

「その気はない」

即座に直之進はかぶりを振った。

「やつに二振りの三人田を与えていいことがあるはずがない。下手をすれば、この世の終わりがやってきかねぬ」

「その通りじゃ」

横から顔を突き出し、貞柳斎が大声で諾《うべな》った。

「実は、わしは鎌幸さんがかどわかされてから三人田のことをよくよく調べてみたのじゃ。いったいどのようなことが起きるのか、はっきりとしたことはいまだにわからぬが、撫養とやらに二振りの三人田を抜かせてはならぬぞ。特に、抜き身を両手に持たせてはならぬ」

「抜き身を両手に持つと、なにが起きるというのだ」

直之進も思ったことを佐之助がきいた。

「とんでもないことが起きるのは確かなんじゃ。なにが起きるのか、そこまでは残念ながら調べきれなんだ。しかし、決して撫養とやらに二振りの抜き身を持たせてはならぬぞ。それだけは守ってくれい」

懇願するような調子で貞柳斎がいった。承知した、と直之進と佐之助は同時に答えた。

佐之助が直之進に顔を向けてきた。

「撫養から文が届いたことを、樺山に告げずともよいか」

「むろん知らせたほうがよかろう。やつを捕縛し、番所に連れていってもらわねばならぬ」

佐之助にいってから直之進は迅究を見た。

「申し訳ないが、その役目を頼めるか」

「わかりました。手前が御番所までひとっ走り行ってきます」

迅究が快く受けてくれた。直之進はかたじけない、と深く頭を下げた。

「いえ、そのような真似をされては困ります。湯瀬さま、お顔をお上げくださ
い。では、今から行ってまいります。――父上、一人で帰れますか」

「当たり前じゃ。わしは三歳の子ではないぞ」

「わかりました。では、お気をつけてお帰りになってください」

「おまえも気をつけよ。早馬にはねられたり、荷車に轢《ひ》かれたりするんじゃない
ぞ」

「はい、気をつけます」

苦笑とともに迅究が答え、直之進たちに一礼してから食堂を出ていった。

「朝の四つか。あまり猶予《ゆうよ》はないな。湯瀬、行くか」

「うむ、行こう」

貞柳斎に別れを告げた直之進と佐之助は、二人で谷中片町の撫養屋敷に向かっ
た。

「撫養は、谷中片町に再び舞い戻ってきていたのだな」

少し悔しげに佐之助がいう。

「あの屋敷に撫養が鎌幸とともにひそんでいるなど、俺は考えもしなかった。少
し頭を巡らせれば、思い当たらぬはずはなかったのに」

「よいではないか、倉田」

直之進は励ました。

「また撫養と相対することができるのだ。存分に戦い、撫養を捕らえればよい」

「捕らえるか。殺してしまったほうがよくないか」

「殺すのは、よほど切羽詰まったときだけにしたいが、倉田、それではいかぬか」

「いや、湯瀬がそれでよいというなら、俺は構わぬ。わかった、やつは生かして捕らえるようにしよう」

その後、直之進と佐之助は前を見据え、無言で歩を進めた。日暮里の秀士館と谷中片町は指呼《しこ》の間《かん》だ。

やがて撫養の屋敷が見えてきた。

「俺はここまでだ」

足を止めた佐之助がいった。

「撫養に招かれているのは、おぬしだけだ」

「わかった。ここから先は俺一人で行こう」

「よし、頃合をみて忍び込む」

「うむ、おぬしがそばにいてくれれば、千人力だ」

にやりと笑って佐之助が離れていった。

直之進は再び歩き出した。

三人田が振動しはじめた。

またか、と直之進は腰の三人田を見て思った。もう一振りの三人田の気配を感じているのだ。

邪悪な三人田のあるところに撫養はいる。やつは本当にこの屋敷に来ているのだ。


くぐり戸は開いていた。

直之進は屋敷内に足を踏み入れた。

湿った風が吹き寄せてきた。空は灰色の雲で満たされている。ひしめき合い、厚く折り重なった雲の群れである。

太陽は頭上にあるのだろうが、どこにあるのか確かめることさえできない。直之進の影は地上に映っていない。

中庭に撫養がいた。

そばに、縛めをされた鎌幸が立っている。直之進を見て顔を輝かせた。

「湯瀬、よく来た」

撫養が声を張った。

「一人か」

「そうだ」

深くうなずいて直之進は答えた。

「嘘をつけ。倉田佐之助も一緒だろう」

「倉田は外だ。一緒ではない」

「まあ、よかろう。三人田をよこせ」

「先に鎌幸だ」

「そうはいかぬ。三人田をよこさねば、鎌幸を殺す」

三人田を引き抜き、撫養が切っ先を鎌幸の喉頸に当てた。

「俺がその気になれば、鎌幸の首がころりと地面に落ちるぞ」

そのくらい三人田ならば、たやすくしてのけるだろう。

空に黒雲がわき上がったのが望めた。同時に強い風が吹き抜けた。庭の草木がざわわとうごめく。不気味さが屋敷内に漂う。嵐がやってくる前触れのような天気になった。

この天候も二振りの三人田のせいだろうか、と直之進は思った。

「湯瀬、とっとと三人田をよこせ。俺は気が短いぞ」

苛立ったように撫養がいった。三人田を持つ手に力を込めたのが知れた。鎌幸の顔が一瞬にして青ざめた。かすかに首から血が流れはじめている。

それを見て直之進はうなずいた。

「わかった。渡そう」

「よし、いい子だ。ゆっくりと近づいてこい」

「承知した」

一歩一歩を着実に踏み締めて、直之進は撫養との距離を詰めていった。

「そこで止まれ」

三間ばかりを隔てたところで撫養がいった。

「三人田を放れ。俺の足元だぞ」

直之進は三人田を腰から鞘ごと引き抜いた。

「早くしろ」

顎を引いた直之進は三人田を放り投げた。がちゃり、と音を立てて三人田が撫養の足元に落ちる。

満足げな笑みを浮かべ、撫養が正義の三人田を拾い上げた。邪悪な三人田を鎌幸の首に添えたまま、右の腰に差そうとした。

――今だ。

撫養が右の腰に正義の三人田を差そうとするそのときに必ず隙ができると、直之進は見抜いていた。

「痴《し》れ者《もの》っ」

一喝するや、一気に撫養の懐に飛び込んでいった。

撫養が鎌幸を突き飛ばして、邪悪な三人田を振ってきた。

斬られる、と近くで見守っているはずの佐之助は思ったのではないか。それくらい際どかった。だが、直之進は間一髪《かんいっぱつ》で撫養の斬撃をかわしていた。身をかがめた直之進の左肩すれすれを三人田は通り過ぎたのだ。

それでも、体ごと持っていかれるような強烈な風が吹き渡り、直之進はよろめいて地面に手をついた。

そこをすかさず撫養が狙ってきた。邪悪な三人田を頭上から落としてきたのだ。

その斬撃はあまりに速すぎて、直之進の目には映らなかった。しかし、三人田が袈裟懸けに振られたことだけは直感でわかった。もしそれを避けなければ、次の瞬間には体を両断されることは、はっきりしていた。

咄嗟に手で地面を押して、直之進は体を跳ね上げた。同時に体をひねる。

これで撫養の斬撃をよけられたか、正直わからなかった。だが、すぐさま三人田の巻き起こした風に体を揺さぶられ、生きていることを知った。

三人田は、またも直之進の体のぎりぎりをかすめていったのだ。

三人田の風に再びよろめきそうになったものの、丹田《たんでん》に力を込めて直之進は体勢をととのえた。両膝を伸ばして体を直立させ、撫養に相対しようとした。

しかし、そのときには撫養はすでに斬撃を浴びせてきていた。逆胴に三人田を払ってきたのだ。

その撫養の一連の動きは、直之進にはよく見えていた。だが、しゃがみ込んでも、後ろに下がっても、横に動いても、三人田の斬撃はよけられそうになかった。

まずい、どうすればよい。直之進は迷った。目だけはじっと三人田を見ていた。

しかし、その直之進の決断の鈍さに業を煮やしたかのように、右手が勝手に動いた。腰の脇差の柄をつかみ、ぐいっとひねってみせたのだ。鞘ごと脇差の刃を外側に向け、盾にしたのである。

強烈な衝撃がやってきて、直之進の脇腹に激痛が走った。息が詰まり、体が地蔵のようにかたまった。

あまりの痛みに、直之進の両眼は撫養から離れた。顔は知らないうちに頭上を向いていた。いまだに梅雨が明けない暗い空が目に入り込む。

直之進は呼吸ができるようになるまで、長く同じ姿勢を取っていた。その間、撫養は攻撃を仕掛けてこなかった。

いや、そうではなく、この間は瞬時に過ぎなかったのかもしれない。息が通るようになり、直之進はあえいだ。右の脇腹が刺されたように痛んでいる。あばらが折れたかもしれない。

だが、それは生きている証といえた。もし三人田が直之進の脇差などなんの問題にせず体を斬り裂いていたら、痛みなど感じている暇はないはずだからだ。三人田はすぱりと直之進の体を真っ二つにしたにちがいない。

直之進の脇差は鞘の中で折れたかもしれないが、少なくとも三人田を受け止めてはくれたのだ。

もし撫養が逆胴でなく、胴に三人田を振ってきたら、直之進はなすすべもなく斬られ、今頃は物言わぬ骸にされていたかもしれない。

だが、そうはならなかった。

もし邪悪な三人田を手にしているのが佐之助だったら、脇差はないも同然に叩き折られ、直之進は確実に仕留められていただろう。

むう、とうなり声を発して撫養が三人田を手元に引き戻す。いかにも無念そうな顔つきだ。

痛みをこらえ、直之進は撫養に向かって突っ込もうとした。

だが、撫養は邪悪な三人田を槍のように突き出してきた。三人田はまっすぐ直之進の胸をめがけてくる。

次の瞬間には、まちがいなく三人田は直之進の体を貫くはずだ。直之進は体を開いてかわそうとした。

だが、その動きを読んでいたかのように、三人田は変化し、直之進の顔を狙ってきた。直之進の目には、邪悪な三人田の切っ先が鉞《まさかり》のように大きく見えた。

どうすればよけられるか、直之進には判断がつかなかった。

だが、またしても体が勝手に動いていた。背中を反らしたのである。

三人田が鼻面をかすめる。鼻がもぎ取られたのではないか、と思えるほどの風がまたしても湧き起こった。

体を揺さぶられながらも、かわしたぞ、と直之進は思った。眼前に三人田を握っている手が見えた。

撫養の手である。その手が、むなしく宙を突いた三人田を素早く引き戻そうとする。

そうはさせじ、と直之進は背を反らしたまま自分の手を伸ばした。がしっ、と邪悪な三人田の柄をつかむ。

それを見た撫養が、左手にあった正義の三人田を鞘ごと振り下ろしてきた。

だが、三人田は直之進の頭を打つ寸前で止まった。

直之進の知らぬうちに撫養の背後に回り込んだ佐之助が、正義の三人田を持つ左腕をがっちりと押さえ込んだのだ。

「なにっ」

振り向いた撫養が佐之助を見て驚愕する。

「いつの間に」

呆然と言葉を漏らした。

「よお」

佐之助が撫養に笑いかける。

狼狽を隠せない撫養が身をよじって逃れようとする。

だが、その前に佐之助が拳を振るった。まともに撫養の顎を捉え、がつっ、と鈍い音が立った。これまでの憤懣《ふんまん》をすべてぶつけたような、すさまじいまでの拳の威力だった。

撫養は目を回し、立ったまま気絶していた。すぐに体がくずおれ、こんにゃくのように地面に倒れ込んだ。

「ふう、終わったようだな」

がくりと首を落として横たわっている撫養を見て、直之進はいった。汗が全身から、だらだらと流れ落ちている。

「ああ、終わった」

肩の力を抜いて佐之助がうなずいた。

「湯瀬、脇腹は大丈夫か」

しゃがみ込み、二振りの三人田を撫養から取り上げた佐之助がきいてきた。

「少し痛むが、大したことはなかろう」

背筋を伸ばして立ち、直之進は答えた。脇腹を手で押さえてみたら、ずきり、と痛みが走った。我知らず顔をゆがめた。

「痛そうだな。雄哲先生に診てもらうのがよかろう」

佐之助が勧めてきた。

「うむ、そうしよう」

素直に顎を引いて直之進は、ふう、と吐き出した。目を落とし、撫養をじっと見る。

「しかし、さすがに三人田だ。冷や汗をかかされた」

「よく素手で挑んだものだ。すまなかったな、湯瀬、ちと助けに入るのが遅れてしまった。まあ、おぬしなら、撫養ごときに殺られはせぬ、と確信しておったのだが」

佐之助が、刀の下げ緒を使って撫養にがっちりと縛めをした。忍びの術を用いても、決して抜けられそうにない縛り方だ。

黒雲はいまだに頭上で渦巻いており、強風も吹いていた。

だが、佐之助が邪悪な三人田を鞘におさめ、二振りを引き離すと、黒雲はゆっくりと消えていき、風もやみはじめた。いつもの鬱陶しい天気が戻ってきたのだ。

「まこと、すごいものだな」

実感を込めて佐之助がいう。まったくだ、と直之進は同意した。

「倉田、この二振りをつくった藤原勝丸という刀工に会ってみたくないか」

「ああ、会ってみたい。ひょっとすると貞柳斎に似ているかもしれんな」

「平安から鎌倉にかけて、昔は名工と呼ばれる者がぞろぞろいたらしい。名人たちが互いに切磋《せつさ》琢磨《たくま》し合うと、ときにとんでもない作があらわれるものだ。三人田もそういうふうにして、世に出てきたのだろう」

そんな話をしているところに、富士太郎と珠吉があらわれた。

「使いをいただきました」

「ああ、よく来てくれた」

直之進は笑みを浮かべた。

直之進の足元にうずくまるようにして失神している撫養を見て、富士太郎が目をみはる。

「ついに捕まえてくれましたか」

満面に笑みを浮かべて富士太郎がいった。

「うむ、捕らえたぞ。富士太郎さん、こやつを町奉行所に連れていってくれ」

「承知しました。では、湯瀬さん、倉田さん、今から番所に連れていきます」

「樺山、用心棒はいるか」

いえ、と富士太郎が佐之助に向かって首を振ってみせる。

「大丈夫です。逃がしはしません」

いい切って富士太郎が珠吉を見る。捕縄を取り出した珠吉が、撫養にがっちりと縛めをした。直之進から見ても、逃げようがない縛り方だ。珠吉が、目を覚ませとばかりに撫養の横っ面を張った。

目を開けた撫養はなにが起きたのか、わからないような顔をしている。

「では、これにて失礼いたします」

富士太郎がいい、撫養を立ち上がらせた。縄の先を持った珠吉が一礼して歩き出す。縄に引っ張られ、撫養がそのあとに続く。我に返ったらしく、直之進をじっと見ている。

胸を張り、富士太郎も歩きはじめた。

三人の姿はやがて見えなくなった。

「無事か」

直之進は、縛めをされている鎌幸にきいた。

鎌幸はさすがに憔悴《しょうすい》しきっていた。

「俺のことをようやく思い出したか」

それでも声だけは威勢がいい。鎌幸が続ける。

「この縛めをさっさとほどいてくれ。とにかく腹が減ってならぬ。湯瀬どの、蕎麦切りでも食いに行かぬか」

「今からか」

「駄目か」

縛めをとかれて、手足を存分に伸ばしながら鎌幸がきいた。

「きさまがやつれて見えるのは、空腹のせいなのか」

「ろくな物を食わせてもらえなかったからな」

「きさまはやはりたくましいな」

「そうかな」

「長いこと監禁されていたくせに、ちっともめげておらぬ。いつ撫養に殺されるかわからなかっただろうに、気がふさぐことはなかったのか」

「いや、監禁されるくらい、なんということもない。それに、殺されることはないと思っていた。湯瀬どのが三人田を帯びている以上、やつに奪うことはできぬのはわかっておった。手としては俺と交換するしかなかったからな」

「一つききたいことがある」

直之進は鎌幸を見た。

「二振りの三人田がそろうとどうなる。なにやら天変地異でも起きるのか」

「そんなこと、知るわけがなかろう。太陽が割れるとでも思ったか」

見かけよりずっと図太い男だな、と直之進は感心するしかなかった。

横に立つ佐之助も、大したものだ、といいたげな顔をしている。

二

風呂が恋しい。

蒸し暑さは続いている。撫養を捕らえたというのに、これはどういうことか。

撫養は、この蒸し暑さに関係なかったというのか。

いや、そのようなことはあるまい。

撫養を捕らえた今、必ずや空を覆う雲は消え、湿った大気も一掃されるはずなのだ。

それでも今、どぼんと湯船に浸かれたら、と直之進は思った。どんなに気持ちよいだろう。

しかし、その前に琢ノ介に会っておきたかった。容体を確かめたいし、撫養を捕らえた今、ひょっとして目を覚ますのではないかという期待もあった。

横を歩く佐之助も同じ気持ちのようで、米田屋に向かう歩調は徐々に速くなりつつある。

道は小日向東古川町に入った。すぐに米田屋が見えてきた。

今も店は閉まったままだ。見慣れた暖簾はかけられていない。大黒柱である琢ノ介が倒れていては、店を開けられるはずもない。

直之進と佐之助は米田屋の前に立った。軽くくぐり戸を叩く。

すぐにおきくの声で応えがあり、くぐり戸が開いた。

「いらっしゃいませ」

うつむき加減におきくがいった。

「おきく、撫養知之丞を捕らえたぞ」

開口一番、直之進は告げた。だが、おきくは大して喜ばなかった。むしろ無表情だった。

「さようでございますか」

「おきく、どうした」

「えっ、なにがでしょう」

「風邪でも引いたか。どこか具合がよくないのではないか」

ふっ、とおきくが眉を曇らせた。

「そうかもしれません。少し寒気がするような気がいたします」

大丈夫か、といいつつ直之進は、おきくの様子が気になった。いつもの生気が見られないのだ。

「早めにやすんだほうがよいな」

「はい、そういたします」

「琢ノ介の様子はどうだ」

おきくがうつむく。

「まだ目を覚ましておりません」

「そうか」

直之進は、佐之助とともに琢ノ介の寝間に入った。

寝床に横たわった琢ノ介は、安らかな寝息をたてている。さして変わらぬな、と枕元に座して直之進は思った。もっとも一昨日は寝息はもっと苦しげで荒かったが、これも薬の効き目があらわれているのだろうか。

「あーあ」

いきなりそんな声が響いた。直之進と佐之助は目をみはった。

寝床で琢ノ介が大きく伸びをしている。直之進は腰が抜けるほど驚いた。

「琢ノ介っ」

大声にならないように注意して呼びかけた。

「うん、なんだ」

目をこすりながら、琢ノ介が直之進を見る。

「おう、直之進ではないか。来ておったか」

いきなりのことで直之進は声が出ない。佐之助も同様のようだ。

「おとっつぁん」

そばにいた祥吉が琢ノ介に飛びついた。大泣きしながら、琢ノ介を何度も叩いている。琢ノ介はびっくりしつつもされるがままになっていた。

その光景を目の当たりにして、直之進もじわりと涙が出てきた。

祥吉の声を聞きつけて、おあき、おれん、おきくの三姉妹もやってきた。

琢ノ介が目を開き、祥吉の背中をなでさすっているのを見て、おあきが寝床に飛びつく。おれんとおきくも琢ノ介を見つめ、立ちすくんだまま涙を流しはじめていた。

その様子を見て、これで皆の心配事が消える、と直之進は安堵の思いを抱いた。

「なんだ、いったいなぜ、みんな泣いておるのだ」

祥吉を抱き寄せて、琢ノ介が戸惑った声を出す。起き上がろうとして、顔をゆがめた。

「まだ痛むのか」

顔を近づけて直之進はきいた。

「いや、痛いということはないが、体がひどく重いのだ。自分の体ではないみたいだ」

「ずっと寝たきりだったから、それも仕方なかろう」

「わしは寝たきりだったのか」

「琢ノ介、なにも覚えておらぬのか」

うむ、と琢ノ介が直之進を見つめてうなずいた。

どういうことがあったのか、膝を進めた佐之助が話してきかせた。ああ、と琢ノ介が声を上げた。

「思い出したぞ。樺太郎の警護をしていて、刺客と対峙した直後だ。刺客は退散していったが、わしは急に胸が痛くなって……」

「樺山の屋敷に運び込まれ、医者の手当を受けたのだ」

「わしはどこが悪かったのだ」

「心の臓だ」

「心の臓……」

琢ノ介が胸に手を当てる。

「うむ、ちゃんと動いておる」

「当たり前だ」

佐之助が苦笑する。

琢ノ介、と胸をなで下ろして直之進は呼びかけた。

「近いうちに本復の祝いをしよう」

「おう、それはいいな。いつだ」

「雄哲先生の許しが出てからだ」

むっ、と琢ノ介がうなった。

「わしは雄哲先生の手当を受けていたのか」

「そうだ。おかげで命拾いしたようなものだ」

「雄哲先生は口は悪いが、腕はよいからな」

「雄哲先生が苦手か」

「ちょっとな」

「だが、ちゃんと礼をいっておくことだ」

「わかった」

三人田を手に直之進は立ち上がった。

「なんだ、帰るのか」

意外そうに琢ノ介がきく。

「行かねばならぬところがあるのだ」

「そうか。それなら仕方ないな」

琢ノ介は寂しそうだ。

「琢ノ介、もう少し眠っておけ」

「しかし、俺はずっと眠っておったのだろう。もう眠気はないぞ」

「それでも寝ておくのだ。それが体のためだ」

「湯瀬のいう通りだ。平川、寝ろ」

佐之助に脅すようにいわれて、琢ノ介が首をすくめた。

「倉田にそんなふうにいわれると、また心の臓が発作を起こしそうだ」

部屋が笑いに包まれた。

この雰囲気の中にずっと身を浸していたかったが、また来る、といい置いて直之進は米田屋をあとにした。佐之助も一緒に出てきた。

「湯瀬、どこに行くのだ」

「田端《たばた》だ」

「登兵衛《とうべえ》どののところか」

「そうだ。おぬしが手配してくれた解毒薬を届けに行くのだ」

直之進は、大きめの紙包みを掲げてみせた。

「ああ、そうか。勘定奉行配下の登兵衛どのなら、公儀の要人どもに解毒薬を配るのは、お手の物だろう。湯瀬、俺も登兵衛どのの屋敷に一緒に行ったほうがよいか」

いや、と直之進は首を横に振った。

「俺一人でよい。おぬしは千勢どのやお咲希ちゃんのもとに帰ってやれ。二人は首を長くして待っておろう」

「うむ、そうしよう。かたじけない」

佐之助が軽く頭を下げた。

「では、倉田、またな」

「うむ、湯瀬、息災《そくさい》にしておれ」

「わかった」

「湯瀬、ともに戦えて楽しかったぞ」

「俺もだ」

佐之助に向かって手を上げ、直之進は足早に歩きはじめた。

佐之助が身じろぎせずに見送っているのが背中で感じ取れた。

登兵衛は穏やかな顔で労をねぎらってくれた。

「本当にお疲れでございましたね」

「この解毒薬は、倉田佐之助の依頼で古笹屋のあるじ民之助が自ら調合してくれたものだ。あと数日で残りの半分はできるでしょう」

紙包みを滑らせて、直之進は登兵衛に説明した。

「この解毒薬を公儀の要人全員に飲ませてほしい」

直之進は登兵衛に頼み込んだ。

「撫養知之丞が誰に薬をのませたか、白状するわけがない。あの男自身、薬をのんでいたようで、そうだとすると記憶がすでにおかしくなっているはず。仮に白状する気があったとしても、あまりに数が多すぎて、正確なところはわからぬはずだ」

「なるほど」

真摯な顔で登兵衛が相槌を打つ。

「いま撫養はどうしておるのですか」

「すでに小伝馬町の牢屋敷に入れられている。裁きを待つ身だ」

「どのような裁きが下されるのですか。いや、これは考えるまでもありませんな」

「うむ、獄門はまずまちがいあるまい」

撫養知之丞の首は鈴ヶ森《すずがもり》か小塚原《こつかつぱら》の刑場にさらされることになるのだ。

「ああ、そうだ。湯瀬さまはもうご存じですか。南町奉行の朝山越前守さまは自ら職を辞しましたよ」

「そうか、辞職したか」

「実際には罷免も同然でございますが」

「それはそうであろうな。新任の奉行は決まったのかな」

「ええ、すでに決定しております。今日から初仕事のはずでございますよ」

「ほう、今日からか」

さすがの早さに直之進は目を丸くした。

「町奉行というのは重職でございますからな、わずかのあいだでも席を空けるわけにはいかないのでございますよ」

「新しい南町奉行はなんという人だ」

「曲田《まがつた》伊予守《いよのかみ》隆久《たかひさ》さまというお方でございますよ」

「曲田か。それはまた珍しい名だ」

「名こそ曲田さまとおっしゃいますが、曲がったことが大嫌いなお方でございます」

「それは素晴らしいことだな。町奉行としてふさわしい」

しかし、と直之進はすぐに思った。前任の朝山越前守も清廉《せいれん》な人物といわれていたのではないだろうか。

それが撫養の術にかけられ、あのようなことになってしまった。

どんな者を町奉行に据えようと、悪事を企む者の前では、無力にされてしまうことも、ままあるということだ。

富士太郎さんは、と直之進は南町奉行所きっての腕利きの定廻り同心の顔を思い浮かべた。

――今度の町奉行を、どんなふうに思ったのだろう。

富士太郎がにこにこ笑ってこちらを見ている。

よい奉行と感じただろうか。


三十代半ばとまだ若いが、眼光鋭く、辣腕を振るいそうな雰囲気をたたえていた。

いかにもやりそうだね、と富士太郎は思った。これは期待できるんじゃないかな。

上座に着いた曲田伊予守が町奉行所の者たちを見渡す。瞳は聡明さをあらわすかのように光っていた。

「名こそ曲田だが、曲がったことは大嫌いである。理非曲直《りひきょくちょく》を正す。これがわしの座右の銘だ。よく覚えておくように」

それを聞いて、お奉行のあの目の輝きを失わせてはいけないよ、と富士太郎はかたく誓った。

その後、自室に落ち着くことなく曲田は白洲に入った。

裁いたのは、坂巻十蔵を簪で刺し殺したおさんである。

どんな裁きが下されるのか、気になったが、富士太郎はいつものように珠吉とともに見廻りに出た。

撫養を捕らえたというのに、空は一向に晴れようとしない。大気はひどい湿り気を帯びたままだ。

夕刻、汗をたっぷりとかいて見廻りから戻ってきた富士太郎は裁きの結果を耳にして、ほっと胸をなで下ろした。同時に、新しい町奉行である曲田伊予守をすっかり気に入った。

曲田はおさんの罪一等を減じ、遠島《えんとう》とする裁きを下したそうなのだ。富士太郎としては、やったね、と叫びたいくらいだった。

遠島自体、厳しい仕置きであるのは紛れもなく、流された島で飢えて死ぬ者も少なくないと聞いている。

それでも、命があれば生き延びられるかもしれないではないか。もし新しい将軍の就任などの慶事があれば、御赦免船《ごしやめんせん》によって江戸に戻ることもできる。

是非ともそうなってほしいと、富士太郎はおさんのために願った。

三

夕闇が深まる中、秀士館の門を入った。

我が家が見えてきたところで、直之進は歩調をゆるめた。

登兵衛に久しぶりに会い、話が弾んだ。

その後、三河島村の鎌幸の工房を訪れた。鎌幸はすでに元気を取り戻していた。

直之進は三人田を鎌幸に返した。鎌幸はこれまでのお礼だといって、貞柳斎が魂を込めて打った一振りを差し出してきた。

直之進には、登兵衛の右腕だった今は亡き和四郎《わしろう》の愛刀が佩刀としてあるが、気持ちよくもらっておいた。名人といえる貞柳斎が打った一刀は、それはすばらしい出来で、引き込まれてしまったからだ。

鎌幸の工房に長居するつもりはなかったが、積もる話をしているうちにいつしか日暮れ近くになっており、直之進はあわてて辞去したのである。

秀士館内の家の前で足を止め、わずかに息を入れた。相変わらず蒸し暑く、汗はとめどもなく出てくる。

懐から手ぬぐいを取り出し、汗をぬぐう。撫養を捕らえたというのに、じめっとした暑さになんら変わりはない。

あの男が処刑され、この世からいなくならない限り、江戸の天気は元に戻らないということか。

だが、それでもすべては終わったのだ。

さすがに肩から力が抜ける。

目の前の戸を開ければ、おきくと直太郎の顔を見ることができる。

直之進は、それがなによりもうれしい。

「ただいま戻った」

戸を開け、張りのある声を放った。

しかし、おきくの応えが返ってこない。

おかしいな。

直之進は首をひねった。

寝ているのだろうか。

土間で雪駄を脱いで、薄暗い廊下を進んだ。

「おきく――」

直之進は、寝間の襖を横に滑らせた。

布団の上に、おきくが横になっていた。抱かれるように直太郎が眠っている。

ああ、やはり一緒に寝ていたのか。疲れているのだな。

なにごともないことを確かめて、直之進はほっとした。

腰の刀を刀架に置く。それがもう三人田でないのが寂しかった。だが、こればかりは仕方ない。

そのときどこかで柏手《かしわで》を打つような音が響いた。

――なんだ、今のは。

外からか。それとも家の中か。

わからなかったが、そのとき、はっ、としたようにおきくが身じろぎし、顔を上げた。

「おきく、起こしてしまったか」

おきくがあわてたように直之進のほうを見やる。

その顔を見て、直之進はぎょっとした。おきくが般若《はんにゃ》のような形相になっていたからだ。

「おきく、どうしたのだ」

おきくの瞳は赤く濁《にご》っている。

これは——。直之進は目をみはった。撫養に薬をのまされ、術をかけられた者に特有の徴《しるし》ではないか。

まさか撫養はおきくに術をかけたのではないか——。

なんということをする。

怒りが込み上げてきた。直之進は町奉行所に乗り込み、この手で撫養を殺したい衝動に駆られた。

おきくが立ち上がり、直之進に近づいてきた。いきなり右手を振りかざした。包丁を手にしている。隠し持っていたようだ。

死ねといわんばかりに、直之進に向かって包丁を振り下ろしてきた。

さすがに面食らったものの、直之進は冷静さを失わなかった。包丁をさっと奪い取るや、怪我をさせないようにおきくに当身《あてみ》を食らわせた。

うっ、とうなっておきくの体から、すとんと力が抜ける。直之進のほうに倒れかかってきた。弾みで髷《まげ》の簪が抜け、髪の毛が扇のように広がった。

包丁を背後に投げ捨てて、直之進はおきくの体を受け止めた。

おきくは気絶していた。

かわいそうに。

憐憫《れんびん》の情が湧き上がる。腕の中のおきくは赤子に戻ったかのようにぐっすりと眠っている。

撫養め、おきくにまで術をかけおったか。

ということは、と直之進は覚った。おきくは薬をのまされたにちがいあるまい。

幸いにも、まだ解毒薬は手元に残っている。

煎《せん》じてのませよう。

直太郎はなにも知らず、すやすやと寝息を立てている。存外に図太いのかもしれぬ、と直之進は思った。

直太郎の横に、おきくを横たわらせる。包丁を拾い上げ、帯に差し込んだ。そうしてから直之進は台所に向かった。

台所につながる戸を開けようとしたその瞬間、ぞわわ、と寒気が走り、直之進は総毛立つのを感じた。

これはなんだ。

戸惑ったが、すぐに殺気だと覚った。何者かが背後から襲いかかってきたのだ。

家の中に曲者が忍び込んでいたのである。さっき聞こえた柏手も、この者が打ったにちがいない。

いったい何者だ。

心中で首をひねりつつも直之進は戸をさっと開け、台所の土間に降りた。襲撃者の第一撃をかわしたのは、わかっている。

くるりと体を返した直之進は、襲ってきた者を見やった。

敷居際に思いもかけない者が立っていた。

まさか――。

瞠目し、直之進は絶句するしかなかった。

撫養知之丞が、酷薄そうな笑みを浮かべていたのだ。

「なにゆえきさま……」

直之進は喉の奥から言葉をしぼり出した。ふふん、と撫養が鼻で笑う。

「なに、番所を抜け出してきただけよ。忍びゆえ、牢を抜けるなど朝飯前だ。こいつさえあれば、錠など軽々と開けられる」

撫養が、耳かきのような物を掲げてみせた。ただし、それは竹ではなく鉄でできているようだ。

忍び道具の一種であろう。

「今頃、番所は大騒ぎになっているかもしれぬな」

撫養がうそぶく。

直之進は唇を嚙み締めた。

「きさまを谷中片町の屋敷で殺しておくべきだった」

「その通りだ」

あっさりと撫養が認めた。

「しかし、うぬは谷中片町では俺を生かすほうを選んだ。まったく甘い男よ。甘すぎるほどだ。こたびも殺さずに捕らえる気でいるのとちがうか」

こやつは俺を挑発しているのか、と直之進は撫養を見つめて思った。

「きさま、俺に殺してほしくて、わざわざ牢を抜け出てきたのか」

はっはっ、と撫養が笑う。

「たわけたことをいうものよ。俺がここに来たのは、うぬを殺すために決まっておろう。——しかしどうだ、まったく鮮やかな手並みだったであろう」

自慢げに撫養が胸を反らした。

こやつはいったいなにをいっているのか、と直之進はいぶかしんだ。

笑いをおさめ、撫養が直之進を見る。

「俺が番所に入ったのは、こたびが初めてではないのだ」

「捕吏《ほり》に捕まったことがあるのか」

撫養が直之進を見下すような目をする。

「わかってはいたが、相変わらず巡りの悪い頭よな」

嘲弄《ちょうろう》するようにいわれ、直之進はむっ、とした。すぐに、落ち着け、と自らにいい聞かせる。

怒らせるのが撫養の手かもしれないのだ。腹を立てていては、冷静な判断が下せなくなるし、動きも鈍くなる。

撫養の術中にはまってはならぬ。

撫養が直之進をにらみつけてきた。

「俺が番所の役人に捕まるへまを犯すわけがなかろう」

そのとき、まさか、という思いが直之進の脳裏をよぎっていった。

富士太郎さんを亡き者にするために、こやつは忍び込んだのか。富士太郎さんは無事なのか。

平然とした口調で撫養が続ける。

「うぬは知らぬだろうが、このあいだ青口誠左衛門という定廻り同心が、番所内の揚屋で自死した。実をいえば、あれは自死ではないのだ」

どこか歌うように撫養がいった。

「きさまが殺したのだな」

「むろんそうだ。揚屋に忍び込み、青口を帯で絞め殺した。揚屋に入り込むのには、これを使ったのだ」

鉄でできた耳かきのような物を、撫養がにこやかに振ってみせる。

「なにゆえ、その青口という同心を殺した」

「殺せと天が命じたからだ」

耳かきのごとき物を陶然と見つめて撫養がいい放った。

「では、俺も天が命じたから殺しに来たのか」

「そうではない。うぬには怨みがある。うぬさえおらなんだら、俺の念願は成就していた。すべてをことごとく邪魔した男を、生かしておくわけにはいかぬ」

しかし撫養は丸腰である。三人田は奉行所が取り上げたはずだ。得物らしい物はなにも持っていないように見える。

それとも、なにか得物を隠し持っているのだろうか。

「俺を殺すだけでは満足すまいな」

直之進は挑発するようにきいた。

「倉田佐之助を殺すに決まっておろう」

こともなげに撫養が答える。

「倉田の次は、樺山富士太郎を殺るつもりでおる」

そうか、よかったと直之進は胸をなで下ろした。富士太郎は無事なのだ。

撫養知之丞、と直之進は呼びかけた。

「これまで何度も殺害を試みて、すべてがしくじりに終わったというのに、まだできると考えているのか。笑止だな」

「やかましい」

撫養が吼《ほ》える。

「俺は、やるといったら必ずやるのだ。まずはうぬからだ」

怒鳴りつけるようにいうや、撫養が敷居際から躍りかかってきた。得物は、鉄でできた耳かきのごとき物である。

土間に降り立った撫養は一気に間合を詰め、直之進の目を得物で狙ってきた。

直之進は顔を振ってよけたが、耳をかすられた。痛みが走ったが、耳がもげたようなことはあるまい、と気にしなかった。

またも撫養が得物を振るってきた。今度も直之進の目を潰そうとしていた。

直之進には、撫養の動きがよく見えていた。撫養の手を、がしっ、と左手で受け止め、右手の拳で撫養の腹を打った。

どすっ、と音がし、撫養が苦悶の表情を浮かべる。それでも力を振りしぼったか、またしても直之進の目を得物で狙ってきた。

それをあっさりとかわし、直之進は撫養の顔を殴りつけた。

ぐあっ、と声を発して撫養がのけぞり、土間に倒れそうになった。

なんとかこらえるや、すぐに体勢をととのえ、直之進に向かってきた。またも得物を振ってくる。

懲りぬ男よ。

直之進は撫養の右手をがっちりとつかみ、ねじり上げた。撫養が取り落とした得物は一回はねて、土間に転がった。

だが、撫養はするりと鰻《うなぎ》のような身ごなしを見せて、直之進の手をあっさり外してみせた。このあたりは、さすがに忍びとしかいいようがない。

次の瞬間、撫養が直之進の帯に差し込まれていた包丁に手をかけた。

直之進の胸に包丁を突き通そうとする。

撫養の腕をつかみ、ぎりぎりのところで直之進は阻んだ。あと半寸ほどで包丁の切っ先が着物に届きそうになっている。

真っ赤な顔をした撫養が、腕にさらに力を込めてくる。包丁の切っ先は直之進の着物に触れそうになっている。ここで押し合いに負けたら、胸を確実に貫かれる。

やられてたまるか、と直之進も気合を入れ直し、腕に力を入れた。包丁の切っ先がわずかに押し戻されていく。

直之進のほうが、明らかに力がまさっている。最近、道場で門人たちと稽古を繰り返しているのがよかったのか。結果として体を鍛え直すことにつながったのだろう。

対して、撫養は戯作の草稿を書くために座ってばかりいたのではないか。忍びとしての鍛錬を怠ったにちがいあるまい。

じりじりと包丁の切っ先が直之進の胸から離れていく。

三寸近く離れたところで、直之進は撫養に足払いをかけた。

撫養が床に転がるようなことはなかったが、体勢をわずかに崩した。

その機を逃さず直之進はさっと手を放すや、素早く体を横に開いた。

支えを失ったかのように撫養がつんのめる。あわてて包丁を振り回してきたが、その前に直之進の手刀《てがたな》が、がら空きの撫養の首筋に決まっていた。

びしりっ、と激しい音が立った。首の骨が折れても構わぬ、との思いで直之進は手刀を振るったのだ。

ううっ、と撫養がうめき、首筋を押さえてよろけた。倒れ込みそうになったが、気持ちだけで体勢を立て直したようだ。血走った目で直之進を見る。包丁を握り締め、直之進に一歩近づいてきた。

撫養の目に宿る戦意の炎は、いまだに衰える気配はない。忍びの執念深さはこの太平の世に至っても変わっていないのだ。

とどめを刺さなければならぬ、と直之進は決意した。

腰の脇差を使うつもりはない。

この程度の男、素手で倒さなければならぬ。

腹に力を込め、直之進は撫養に一気に飛びかかった。

包丁を振り上げた撫養が、負けじと振り下ろしてくる。だが、すでにその振り下ろしに鋭さはまったくなかった。

包丁の斬撃を造作もなくかいくぐり、直之進は撫養のみぞおちに拳をぶつけていった。

どん、と鈍い音が立った。うっ、とうなって撫養が体を折り曲げた。息をあえがせ、身もだえている。

みぞおちは急所である。ここを打たれると、呼吸ができなくなるのだ。

包丁をすぐさま奪い取り、直之進は撫養を見下ろした。

苦しげな顔で撫養が見上げてくる。まだ戦おうとしていた。

その意気やよしといいたいところだが、と直之進はいいかけ、もう一度、撫養の首筋に手刀を見舞った。

またも、びしり、という音が響いた。撫養の瞳が揺れ動き、やがて燃え盛っていた炎が消えていった。

どたり、と土間に倒れ込む。まぶたが痙攣《けいれん》して、白目がわずかに見えた。

台所にある荒縄を使い、直之進は気を失った撫養をぐるぐる巻きに縛り上げた。

それから、いったんおきくと直太郎の様子を見た。

直太郎は目を覚ましていた。

おきくはまだ気を失っている。息は荒くない。

直之進は直太郎をおんぶした。

「しばし待っていてくれ」

眠っているおきくにいい置いて寝間を出、台所に戻った。

幾重にも縛めをかけた撫養を起き上がらせ、秀士館の母屋に赴《おもむ》く。撫養の瞳には諦観の色があった。

佐賀大左衛門に会い、直之進は捕らえた撫養を示して事情を説明した。

大左衛門はひたすら驚いていた。

「佐賀どの、大八車をお借りしたいのですが」

「わかった。すぐに支度させよう」

佐賀家の家士が用意した大八車に撫養を横たわらせてさらにがっちりと縛りつけ、上から筵《むしろ》をかける。それにも厳重に縄をかけた。

大左衛門に命じられた下男の欽二《きんじ》が提灯《ちょうちん》を梶棒《かじぼう》に吊し、大八車を引きはじめた。

むろん直之進も直太郎をおぶったまま一緒に行くつもりで、提灯を手にした。もし再び撫養に逃げ出されるようなことになったら、目も当てられない。

目指すは南町奉行所である。


南町奉行所に行き着くまでもなかった。

秀士館を出てほんの三町ほど行ったところで直之進は、一散にこちらに近づいてくる一つの提灯を暗闇の中に見たのだ。

提灯の陰には、二人の男がいるようだ。

「あれは、富士太郎さんと珠吉ではないか」

にこりとして直之進はつぶやいた。夜のとばりが降りた中、なにゆえ二人がここまでやってきたか、考えるまでもなかった。

いよいよ提灯が近づいてきた。

「富士太郎さん、珠吉」

すれちがう前に直之進は呼びかけた。

「あっ、その声は直之進さんですね」

喜色を抑えきれないという感じで、富士太郎が近寄ってきた。

富士太郎を先導していた珠吉が、提灯を掲げる。

「ああ、本当に直之進さんだ」

直之進は、やんわりと明かりに照らされた珠吉をちらりと見た。

珠吉は平然とした顔をし、さして息も切らしていなかった。

町奉行所からここまでひたすら走ってきたのだろうに、素晴らしいとしかいいようがない。今どきの若い者とは、鍛え方がちがうということなのだろう。

「ご無事でしたか」

安堵の色を声音ににじませて、富士太郎がいった。珠吉もほっとした顔をしている。

やはり俺が撫養に襲われるのではないかと心配したのだな、と直之進は覚った。

そのために富士太郎と珠吉は、ここまで来てくれたのだ。焚き火にあたったかのように、胸がほんのりと熱くなった。

「おっ、それはもしや撫養知之丞ですか」

大八車の荷台に積まれた筵の盛り上がりを見つめて、富士太郎が目を輝かせる。

「そうだ」

にこりとして直之進は大きくうなずいた。

「富士太郎さんの思った通り、撫養は俺を狙ってきたのだ」

「やはりそうでしたか。直之進さん、怪我はありませんか」

「うむ、大丈夫だ。おきくや直太郎にも怪我はない」

直太郎はいつしか直之進の背で、すやすやと眠っている。

「おきくさんはどうしたのですか」

直之進が直太郎をおぶっていることが気にかかったらしく、富士太郎がきいてきた。

直之進は事情を語った。

富士太郎が表情を険しくする。珠吉も眼差しを鋭くした。

「撫養め、おきくさんにまで手を出したのですか」

許せんという顔で、富士太郎が大八車の荷台をにらみつける。

直之進は余裕の微笑を漏らした。

「しかしこうなっては、さすがの撫養知之丞でももう逃げ出せぬ。この男には、獄門台に首をさらすことしか、もはや残されておるまい」

「確かにそうですね」

富士太郎が同意する。

「ところで直之進さん、番所まで大八車で撫養を運んでくださるつもりだったのですか」

「そうだ。もっとも、運ぶのはこの欽二で、俺はただ用心のためについていこうと思っていただけだが」

直之進は、欽二が大左衛門の下男であることを富士太郎と珠吉に伝えた。

「さようでしたか。では、ここからはそれがしどもが引き継がせていただきますよ。直之進さん、それでよろしいですか」

富士太郎が申し出る。

「富士太郎さん、まこと俺が一緒に行かずともよいか」

一応、直之進は確かめた。

「もちろん一緒に来てくだされば心強いですが、直之進さんはおきくさんのことが気になっておられるのでしょう。どうぞ、お戻りになってください」

「本当によいのか」

「はい、お任せください」

胸を叩くように富士太郎が請け合った。

「今度こそ撫養を逃がしはしませんから」

「頼んだぞ」

笑みを浮かべて直之進はいった。

「大丈夫です。いま番所内はてんやわんやになっておりますが、撫養のこの姿を見れば、みんな安心することでしょう」

富士太郎ならば、危なげなく撫養を南町奉行所まで押送《おうそう》するだろう。撫養の運もすでに尽きたはずなのだ。

重い雲がいまだに空を覆い、大気も蒸し暑いままなのは気になるが、これらもきっと失せていくに決まっている。

「では、あっしがこいつを引きやしょう」

　欽二と入れちがって、珠吉が大八車の梶棒を握った。

「直之進さん、ではこれにて失礼いたします。撫養を捕らえてくださり、まことにありがとうございました」

「富士太郎さんと珠吉が、俺のためにここまで足を運んでくれたことに深く感謝している。かたじけない」

「なに、礼をいうのはこちらのほうですよ」

「本当でやすね。まことに湯瀬さまは頼りになりやす。——では、旦那、まいりやしょう」

　腰を落とした珠吉が、軽々と大八車を引きはじめる。その横に、提灯を手にした富士太郎がつく。

　足早に遠ざかっていく富士太郎たちを、直之進は欽二とともに見送った。提灯の明かりが闇にのみ込まれていく。

「さて、戻るとするか」

　直之進は欽二に告げた。はい、と欽二が笑顔でうなずく。

　急ぎ足で直之進は家に戻った。

寝間では、おきくはまだ目を覚まさずにいた。

台所に行き、直之進は急いで湯を沸かし、解毒薬を煎じた。

寝間に取って返し、人肌くらいまでに冷ました薬湯をおきくに匙《さじ》でのませた。

細い喉が生き物のように小さく動く。

なにごともなく目を覚ましてくれればよいが、と直之進は願った。

身じろぎすることなくじっと見守る。

四半刻後、おきくのまぶたがぴくぴくと動いた。

おっ、と直之進は期待をこめておきくを見つめた。

それに応ずるように、おきくの目がぱちりと開いた。赤みはすっかり取れて、おきくらしい澄んだ瞳が見えた。

「あ、あの、私は……」

自分が寝床で横になっており、しかも直太郎をおぶった直之進がそばについていることが、おきくは不思議でならないようだ。

「おきく、なんでもないのだ」

直之進はおきくに笑いかけた。

「いろいろあって、疲れていたのだろう」

ほっとしたように、おきくが笑い返してきた。背中の直太郎も目を覚まし、うれしそうに声を上げている。

直之進は、なんとなく外が明るくなったような気がした。

なんだろう、と思って庭に面した腰高障子を開けると、さわやかな風がどっと流れ込んできた。

「ああ、なんて気持ちいい」

起き上がったおきくの長い髪が、さらさらと流れる。

ああ、飛んでしまった簪を見つけてやらなければ、と直之進は思い出した。

「こんな風、久しぶりです」

しみじみとした口調でおきくがいう。

「本当だな」

首を伸ばし、直之進は空を眺めた。

すっきりと雲が取れていた。満天の星空である。

「ああ、きれいだなあ」

こんな明るい空を見るのは、いつ以来だろう。

思い出せないほどだ。

明るい月が中空に浮かんでいる。どこか笑みを浮かべているような風情に見えた。

どうやら、と直之進はその月を眺めて思った。撫養の息の根を止めたと、天は判断したようだな。

やはり撫養の天命は定まったのだ。

もはや、死は避けようがないのだろう。

ようやく終わりを告げたのだ。

そのことを心の底から実感した直之進は、にこやかにほほえんで空を見上げているおきくの横顔を見つめた。

この作品は双葉文庫のために書き下ろされました。

双葉文庫

す-08-34

口入屋用心棒《くちいれやようじんぼう》

痴《し》れ者《もの》の果《はて》

2016年6月19日　第1刷発行

【著者】

鈴木英治《すずきえいじ》

【発行者】

稲垣潔

【発行所】

株式会社双葉社

〒162-8540 東京都新宿区東五軒町3番28号

［電話］03-5261-4818(営業)　03-5261-4833(編集)

www.futabasha.co.jp

(双葉社の書籍・コミックが買えます)

【印刷所】

慶昌堂印刷株式会社

【製本所】

株式会社若林製本工場

【表紙・扉絵】南伸坊

【フォーマット・デザイン】日下潤一

【フォーマットデジタル印字】飯塚隆士

ISBN978-4-575-66779-0 C0193

Printed in Japan